Prai

"*Killing Poppy* i
addiction with the aid of an angel sent to help him. The catch: the angel is an amoral for-hire schlub. The result: an extremely funny, deeply strange, and surprisingly violent book with a raw human heart beating at the center of it. It's a chaotic ride, but William confidently controls the chaos."

—Cameron Pierce, author of *Ass Goblins of Auschwitz*

"A far-out black comedy about a junkie and the chaos created as he fights to get clean. Weirdly endearing, from start to finish."

—Danger Slater, author of *I Will Rot Without You*

"I read *Killing Poppy* with fingers over my eyes and while clenching my teeth; William Perk has given us disturbing, addictive story-telling at its finest, and I couldn't look away."

—Elle Stanger, writer at *stripperwriter.com* and podcast host at *strangebedfellowspdx.com*

"*Killing Poppy* is breezy, funny, and terribly upsetting. Yes, there is something sad-tender-even sweet(?) underneath this violent, disturbing, potentially triggering (totally got all mine) trust-no-one getting clean adventure. As a debut work, it announces a writer who is going to kill and resurrect what is sacred with cinematic alacrity and street magic."

— Laura Lee Bahr, author of *Haunt*

KILLING POPPY

WILLIAM PERK

Killing Poppy

ISBN-13: 978-0-692-18861-3
ISBN-10: 0-692-18861-4

Cover design by Matthew Revert

www.apocalypse-party.com

First Edition

Printed in the U.S.A

For Julio & Julio

"for Satan himself is transformed into an angel of light"
2 Corinthians 11:14

"believe in the light, that ye may be the children of light"
John 12:36

Skam

CHAPTER ONE
Buckman Field Park: Portland, Oregon
Thursday, June 20th, 2013
1:24 PM (89°F)

As I draw back the plunger, the syringe fills with enough Chimy to kill a dozen toddlers. Out of habit, I flick flick flick the barrel. Air beads surface, and I give the thumb rest a faint press. A few drops spring out the steel point. I drag the needle across the scarred fold of my arm. Just a jab would lift the dope-sick ache from my bones.

"A day clean," I say, "is a day won."

And today I choose to be a winner.

I set the rig beside the lockbox resting on my dash.

A pinecone drops onto my hood, and the sunshine swells through my front windshield. Rolling up the windows, I blast the AC. Cool air blows against my scruffy face and my thoughts scatter. Sometimes the sound of another person's voice settles my head, so I turn on the radio. I switch to Z100, and my speakers pump "Scream & Shout" by will.i.am and Britney Spears. Only the dead below watch over me, so I sing along with Britney:

"When me and you party together
I wish this night would last forever, ever, ever, ever, ever, ever

I wanna scream and shout, and let it all out
We saying, oh wee oh wee oh wee oh
We saying, oh wee oh wee oh wee oh."

I feel silly, so I stop singing and turn the station to talk radio 101.1 FM. The host, Hannah Bergdhal, is interviewing Suzy McDonald, a child psychologist, who suffered a heat stroke as a young girl, after being locked in a car in eighty-degree heat.

Radio host, Hannah: "Every summer it's the same story. Kid cooked to death in car while mom shops for groceries. But really, how often does something like this occur?"

Dr. McDonald: "It's not always a mother who leaves her child in a car. Sometimes it's the father or babysitter. And it happens a lot. Every year, roughly thirty-eight children die of a heat stroke after being locked in a car. In 2010, forty-nine children died. This year, there've been thirty-six deaths and its only mid-June."

Hannah: "So what's a safe time limit? I understand it may get toasty after an hour or two. But let's say I want to drop in Starbucks for a Frappuccino. Fifteen minutes, that'd be fine, right?"

Dr. McDonald: "No. It's never safe to leave a child alone in a car, even for a minute. A vehicle is a deadly greenhouse. The rising heat gets trapped inside. After just ten minutes it can rise twenty degrees, even in the shade on a cool seventy-degree day."

Hannah: "Let's get back to your story. How long were you left in the car before you were rescued? And what did it feel like knowing that, while you roasted to death, your mother was getting pampered in a nail salon?"

Dr. McDonald: "The temperature inside the car reached one-hundred and forty degrees. I was trapped inside with no ventilation for over thirty minutes. It was hell. My body temperature shot to one-hundred and four Fahrenheit—a heatstroke. I began to hallucinate, then broke out in seizures and fell unconscious. Fortunately, someone smashed the car window and rescued me."

Hannah: "Sounds like you were pretty close to death. But really, how close were you?"

Dr. McDonald: "Five more minutes in that car and I'd be dead. Once a person's temperature hits one-hundred and seven Fahrenheit their organs begin to shut down, and they experience skin slippage."

Hannah: "Skin slippage? Tell me about that."

Dr. McDonald: "Skin slippage is when the epidermis detaches from the underlying tissue and fluid builds up under the skin, which can then slough off like a sleeve. Orville Redenbacher experienced skin slippage when he drowned to death in a scalding hot bathtub."

Hannah: "That sounds serious. But what about you—did you suffer any long-term effects?"

Dr. McDonald: "Aside from nightmares, PTSD, and panic attacks—"

—THUMP THUMP THUMP—

I turn down the radio.

—THUMP THUMP THUMP—

The kicking sound vibrates from my trunk.

—THUMP THUMP THUMP—

I switch the radio station to Live 95.5 and max the volume; my speakers blare Avril Lavigne's latest hit, "Here's to Never Growing up."

I grab the syringe, exit the car, and step to the trunk.

I pop it open: a sour stench clocks me with a punch.

Stuffing Poppy in the trunk with the severed goat head was a total dick move.

A fly lands on the goat's tongue, beside Poppy.

Poppy wiggles and screams but the words are muffled (because I stuffed a sock in Poppy's mouth then wrapped duct tape over the lips and around the head five times). The wrists are taped together behind the back. I used the same wrap-around method with the ankles. Poppy's face is blotched pink and drenched in sweat. Eyes bulge and blood trickles from the nose and over the gray tape.

I pinch the nose to see if it'll slip off and Poppy says, "Hurrmm."

"Acceptance," I say, "is the key that unlocks the door to happiness."

Poppy says, "Mhurrrr."

It's easier to ask a corpse for forgiveness, so I jam the needle into Poppy's neck and inject: one gram of Chimy cooked with holy water into a boil.

—SCHWACK—

Something fell from a tree onto my car hood.

I slam the trunk and step toward the front of my car.

A gray raccoon sits on my hood and stares at me behind a bandit mask.

He leans back on his hind legs, raises his hands under his mouth, and flashes his claws like antennas stretched out from his face.

His white nose twitches and I imagine giving him an Eskimo kiss.

Reaching in my car, I grab a box of Goldfish Crackers and pour a handful.

I approach the raccoon and extend my hand, "You hungry,

little buddy?"

He shrieks, "GHREEEEEEE!"

He pukes yellow sludge onto my black hood and scampers off.

It looks like a dinosaur pooped a shattered egg.

Soaking in the yolk is a silver key the size of my pinkie. "Salo was right."

I drop the crackers, pick up the key, wipe it off on my pants, and slip it in my pocket.

I get back in my car and place the lockbox in my backpack.

Driving out of the park, I bump my head to Miley Cyrus' "We Can't Stop."

Sincanvas

CHAPTER TWO
An empty lot across from Lillis Albina City Park
Thursday, June 20th, 2013
4:41 AM (63°F)

My thumb traces the initials, *M E G*, engraved into the olive-wood brush, nested in my finger's curl. I rest the wood bristles above my top lip and close my eyes because in the dark my shadow and I become one. Through my nose, I breathe in and cling to any vestigial scent of the Dove shampoo that faded, months ago, from the blonde hair caught in the bristles.

Hail pelts the roof of my car and I imagine thousands of turtles lashing down from the black sky. A brigade of army helmets fall, legs reaching for a hand above. But there's no hand to save them. So the turtles thunder down, smash against my roof. Their shells crack and shatter.

And I say, "God was angry at the turtles because they hid their faces from him."

The hail slows and my eyes open.

A hair falls from the brush, drifts onto my lap.

I tweezer it between my thumb and index finger, place it with the brush inside the Ziploc bag, and return it to my camo-pants pocket.

I roll down my window, spark a Newport butt, and blow smoke into the dawn.

The streetlight casts a shiny glare against the asphalt.

An ashen four-legged creature crawls into the light. On his back, he carries a shell the shape of a church dome. It's a white turtle, the first I've seen.

With its neck stretched up, the turtle inches my way. *Where ya going liddle turdle?* He looks lost and scared. I must rescue him.

"We don't have to be alone," I say. "We can do this together."

In the morning I'll go to Walmart and steal a plastic file box, which I'll turn into a place Turdle can call home. Then I'll furnish it with a cup of water, a rock, a stick, dirt, and other things he might enjoy. Like a daisy. If someone's gonna live with me in my car, I want them to be safe and comfortable. I'll plant Turdle's home on my back passenger seat. And when I lower him into his new home, he'll brim with excitement. But what does an excited turtle look like? I've never seen one. This means either turtles rarely get excited or they're masters at concealing it. But I'm certain Turdle will be thrilled and unable to conceal it.

And I smile.

But then I think of the added responsibility.

I take a drag, flick the butt out the window, and tell myself, *I can do this.*

I exit my car.

Across the street, a lanky barefoot man pushes a shopping cart filled with shoes. A beater is tucked into his carpenter jorts and a pair of shoes are tied together and hanging over his neck. Patches of his head peek through his shoulder-length hair. It looks as if he was shaving his head bald and the razor battery died.

Maybe he'll give me a pair of sneakers for a cigarette. I'll grab Turdle then make an offer.

He abandons his cart and darts toward Turdle.

I break into a sprint, "He's mine!"

"Fuck you!" he says. "Mine!"

My head throbs red and yellow and I feel like releasing the fury on his face. My lungs burn as my shoes clap street; I haven't exercised in a while. Sometimes I do sprints but really only when someone chases me.

"Haw!" He says, "Mine!"

Before he reaches the curb, a black Ford Mustang speeds by and crushes Turdle. Completely fucking destroys Turdle. I wish the Mustang had missed him and ran over the homeless guy. If he were killed, he'd probably be missed by no one. But already Turdle is missed by one person: me. Probably more people too.

"Gah-damn, you see that?" He walks up to me. "Starting the day with death. FUCKIN' RECKLESS." He twists his pinky into his ear and blinks twice. His blinks manic-bright. His blinks could crack walnuts.

Blink-Blink pounds his fist on his palm and paces in a circle like he's in a hurry to get to the end of the circle, "Fuckin' reckless."

I walk up to Turdle, squished flat, cracked shell. Fucking Turdle guts everywhere. From his head oozes amber colored goo. It reminds me of the Mystic Smoke tubes they sell at Dave's Killer Magic Shop. It's neat because if you squeeze a drop on your finger and snap over-and-over, it makes smoke.

Reaching down, I wipe Turdle's brain-slime onto my index finger and snap snap snap snap snap. Nothing happens, and I think, *Of course, turtle brains won't turn to smoke you fucking idiot.*

I wipe my fingers on my pants, pull out my Cricket Razr, and dial 911.

Before a dispatcher answers, I turn to Blink-Blink and say, "Hey, did ya catch the license plate?"

"Reckless," he says, pacing.

On the other end of the line, a woman answers, "Nine-one-one, what's your emergency?"

"I just witnessed a hit and run."

"What's your location?"

"I'm on North Williams Avenue near Tillamook Street."

"I'll send an officer right away. What's your name?"

"Gust Ivey."

"Gust, tell me what happened."

"Well, this poor little guy—he was just, walking across the street, you know? Taking his time, minding his own business, when all of a sudden this car—probably going about seventy—raced right over him and sped off like it was no big deal."

"What was the make and color of the vehicle and what direction was it headed?"

"He headed south. I think he was drunk."

"Is the man breathing and is he in a safe place?"

"I didn't check his pulse, but I doubt he's alive. His head is smushed into the street cracks. And it's leaking some sort of ooze. It feels kinda sticky. I think it might be the brains or something."

Blink-Blink pulls out a nail file and peels Turdle off the street.

"Sir, don't touch him. An officer and paramedics are on their way."

"Okay, but some homeless man just peeled off his head with

a file."

Blink-Blink yells, "It's a girl!"

I hold down the phone and say, "You can't tell it's a girl by looking at the head. Check between the legs."

I place the phone to my ear, and the dispatcher says, "Excuse me, sir. What'd you say?"

—BEEP—

Dropped call.

I pocket my phone.

Blink-Blink struts toward me, Turdle's head viced between his left thumb and middle finger. With his right hand, he grips the file.

He hawks a loogie and spits on my shoe, "Calling the feds over a gah-damn rodent."

"A rodent?" I step back. "Then why'd you want him?"

He dangles Turdle's head in front of me.

I reach for it.

He drops it to the street and cackles.

His lips snarl as he licks Turdle gunk off his fingers.

He points the nail file at my face.

And I imagine if I held out my fingers, Blink-Blink would smile, gently grab my fingers, press back my cuticles, and file the edges of my nails till they're nice and smooth.

And I'd say, "Hey, thanks," and offer him a cigarette.

And he'd say, "No no no, this one's on me."

And I'd hold out the cigarette and say, "C'mon, it wouldn't feel right."

And he'd say, "Okay, if you insist."

And I'd say, "I insist."

And we'd both smile.

Then he'd take the cigarette and place it between his lips.

And I'd place a cigarette between my lips and light both our tips with one match.

And we'd smoke a cigarette together, as friends.

Blink-Blink raises the file and says, "KARP!"

Crace

He steps within head-butting range. And though I've never been on the offensive side of a head-butt, I'm willing to give it a whirl.

His jaw clicks and he blinks, "I was gonna gut dat bitch."

His breath burns of malt liquor.

I say, "You what?"

"You heard me. I'd have snatched up dat bitch and skinned her alive. Dice her up. Toss her in a crock pot. Add some corns and ketchup. Fire it up. Douse dat shit with Tabasco and eat it."

"That doesn't even sound good, man."

He picks a scab on his chin and says, "The soup would be good and I would eat it. And I'd shine up the shell and take it to the auction. Sell it to the highest bidder. Start that shit at one-large."

I shiver and look at my Swatch: 4:49 AM. It's been five hours since my last fix.

"People bid all day on that shit," he says. "ALL DAY."

He points the file tip at my eyeball, and I imagine snatching it from his hand and stabbing his foot or driving it into my heart. They both seem like decent options but the latter would be convenient for the paramedics. Just scoop me up with Turdle and bury us together under a tree. That sounds pleasant but so does inflicting pain on someone other than myself. It's been a while since I've done that.

I say, "You couldn't sell that shell for shit."

"You fuckin' mindless." He nudges Turdle's head with his foot, "This here is albino. Come from Africa. They make earrings out this shit. Sell 'em to movie stars and shit. I coulda cashed out five-large."

Spittle travels from his mouth onto my chapped lips. I consider wiping it off but it would appear weak, so I just let it sit there.

"Ya hear me?" He says, "I said five, motherfucker."

I don't even know what he's talking about anymore.

Blink-Blink blinks and I kick his shin.

He keels over, "Maaahhhh!"

I shove him.

He falls on his ass.

I snatch Turdle's head off the street, stuff it in my back pocket, and swipe the shoes from his shoulders.

He grabs a shoelace and pulls, "You can't rob a bum!"

I yank the shoe and the lace slides from his grip, "Just did, bitch."

He stands.

I run.

He chases me shouting swear words.

I turn up a side street.

My calf muscle cramps so I toss the shoes over a bush and duck behind a fire hydrant. Of all my past hiding spots, this one fucking blows.

He sprints around the corner and spots me.

He swaggers over to me and says, "You mindless fuck."

He pinches his nostril and blows snot onto the curb.

Gripping the file, he hovers over me, "Where my sneaks at?"

"I lost them," I raise my arms in block-mode, confident it won't make a difference.

"Den I castrate you. Toss it in a crockpot. Fire it up. Douse dat shit with Tabasco and eat it. How ya like that?"

"No no no, I wouldn't like that. Please don't do that."

"Okay," he jams the file into my thigh and walks off.

I say, "Ow, fuck."

He yells back, "Don't be a poor loser!"

I pull the file from my leg and slip it in my front pocket.

I limp to the bush and grab the sneakers: a pair of size eleven black Reebok pumps (close enough).

A cop siren blares in the distance as I sit on the curb and remove my shoes for the first time since Tuesday. I toss my old Converse and slide my feet into my first pair of Reebok Pumps. And I imagine gripping a basketball as I jump from the half court line and fly over my opponents and slam dunk the ball and how awesome that would be. And I imagine smashing the ball through the hoop, and then a stray bullet strikes my head and kills me: the perfect end to my junk life.

I tie my shoelaces into a double-knot to decrease the chance of them untying.

I give each shoe a few pumps.

And I smile.

Wokeface

CHAPTER THREE
Same empty lot
5:07 AM (63°F)

Birds chirp outside as I turn on my car radio. And so the sun rises to Macklemore,

"Nah, walk up to the club like, "What up? I got a big cock."
I'm so pumped about some shit from the thrift shop
Ice on the fringe, it's so damn frosty
That people like, "Damn! That's a cold ass honkey."

I grab the shoebox on my passenger seat and sort through the contents:

bottle of holy water

white Bic lighter

10-pack of 28½ gauge syringes

 yellow balloon filled with one gram of black tar heroin

Narcan nasal spray syringe

30 count box of Q-tips

silver soup spoon

punch-pack of Imodium A-D

I pick up the yellow balloon, coated with the odor of Jose's spit.

Tearing it open, I slide out the almond-sized bulge wrapped in white plastic, cut from a grocery bag.

18

The plastic crinkles as I peel back the ends, revealing brown powdered clumps of heroin.

I raise it to my mouth and breathe on it.

The moist heat coats the powder, and it turns to sticky-black gravely tar.

I wrap the bag around the dope, press it into a chunk, and open it:

H
break chunk in half and stick piece in spoon bowl
grab a twice-used syringe pull off orange cap
dip needle in water and draw 80 milliliters
squirt water onto tar and pick up lighter
torch a flame and hold under spoon
h melts into water heating brown
bitter fragrance rises in vapor
air beads form and surface
cut flame grab Q-tip
pull off swab
roll into ball
drop in dope
cotton lands
grows brown
pick up rig
guide tip
into filter
pull plunger
needle sucks
barrel fills
golden brown
mmmmmm
point tip up
flick barrel
air beads rise
tap plunger
beads vanish
grab belt
loop around arm
wrench tight
pump fist
time
for
I
V

I pump my fist and scan my veins: roads on a map leading home.

The pink scars mark my preferred route, the vein that lined the fold of my arm.

I took it daily for months, and it collapsed.

Should I take a narrow road, a vein lining my hand?

They're sturdy but a challenge to access.

Yesterday I tried and missed.

My hand swelled with pain.

Fuck it . . . I'll take the risky shortcut.

Releasing my grip from the belt, I pull my arm from the loop and lean into the visor mirror.

I tap my neck with my fingers then aim the spike for my jugular.

My nerves tremor but steady is my trigger finger steering the steel tip to the vein.

Pierce pop contact.

Am I on the road?

Licking my lips, I pull the plunger.

Blood swirls into the barrel like a geyser in a brown sea.

And my brain screams:

BRING IT

BRING IT

BRING IT

BRING IT

BRING IT

BRING IT

BRING IT

Easy, I'm on the road home.

As I press the plunger top, the heroin blasts into my bloodstream and halts the ticking Swatch strapped to my wrist.

The sun parts metallic clouds, pregnant with the ash of a million burned corpses.

God's arms reach down and anchor in my belly . . . hallelujah.

I slide the needle from my neck.

My pain leaks red and scabs like lips sewed shut and screaming.

I take a swig of Riptide Rush Gatorade.

The world melts black.

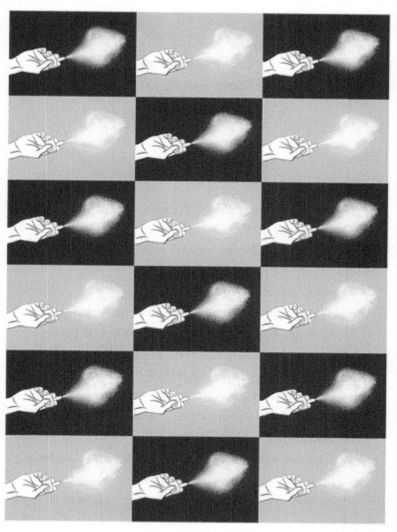

Paul Anson

CHAPTER FOUR
Same empty lot
7:56 AM (66°F)

Red light warm on my eyelids: pink sheets pinned over a window. *Fuck you, sun. Let me sleep.* Rocky pavement presses against my back. Cold bleach flushes through my veins. Someone speaks, but the words sound translated through water.

—SMAK SMAK—

Something slaps my face and fear shoots through my chest. A whiff of feces pushes my stomach into a heave, and I cough the taste of metal. My hands grasp gravel, and I open my eyes.

Squatting over me is an old man with green eyes. Pockmarks freckle his wrinkled face and gray hair curls out from under a tweed ivy cap. He chews gum with a grin like, chill. . . I got this.

He blows a pink bubble till it pops.

With a smooth baritone, he says, "There's stuff on your face."

He licks a white handkerchief then wipes it on my cheek.

My life-saving opiate-reversing syringe of Narcan nasal spray lies on the ground next to the old man. The outer sole of his Nike shoe is coated with shit . . . the shit-stained shoe of my savior.

I swipe his arm and say, "Back off."

"Relax," he says. "I was just helping you not die."

"Okay. Well, thanks for that."

He holds out his hand, "Here, grab it."

His wiry arms boast thick veins which I covet.

"Nah," I say, "don't need a hand."

I stand: a dull heat floods my brain.

Leaning over, I rest my hands on my knees and take a deep breath, "Just let me be."

A fly crawls toward the stab wound on my thigh.

My eyeballs burn dry and yellow speckles cloud my vision.

I close my eyes and rub my lids with my thumb and middle finger.

A jackhammer pounds concrete somewhere too close.

I press the edges of my palms against my temple and open my eyes.

The old man's gone, and everything I look at reflects sunlight. My black 2000 Chevy Malibu, the building wall beside me, the fucking tip of my nose, all of it reflects sun.

I take a seat in my car, chug my Gatorade, and light a Newport butt.

Smoking the cigarette, I place my junk tools back in the shoebox. Everything's accounted for except my bag of dope. It's just gone.

—VERR VERR VERR—

My phone vibrates on the dashboard.

I grab it and answer, "Yeah."

"Hello, is this Gust Ivey?"

"Yeah, who's this?"

"My name's Chet with Asset Collections, and I'm calling

because you have an outstanding balance of four-hundred and ninety dollars. Are you able to pay that in full today?"

"Sure, I can do that."

"Okay, great. Would you like to put that on a Visa, MasterCard, or American Express?"

"Visa."

"Excellent. What's the name on the card?"

"J Gust Ivey."

"Alright, and I'm ready for the number when you are."

"The number is 3514 6028 7452 5609."

"And the expiration date?"

"6/19/13"

"6/19/13?"

"Correct."

"Oh, I'm sorry. That expired yesterday. I can't take the card."

"Oops, sorry."

"No problem. We can just go ahead and put that on a MasterCard, American Express, or electronic check. Which would you prefer?"

"No thanks."

"Excuse me?"

"I'm sorry, Chet. I have something to confess."

"What?"

"That Visa number I gave you. I just totally made it up. I don't even own a credit card."

"Why'd you do that?"

"I wanted to make you happy for a minute. As I gave you those numbers were you happy?"

"Yes, at that moment I was happy. But now I'm really fucking pissed."

"That's understandable. But let's try to focus on the happy moments."

I hang up, pocket my phone, and drop my cigarette butt into the plastic Gatorade bottle.

The cherry sizzles.

As I exit my car, I chuck the bottle against the building wall.

It bounces off.

I pick up an empty beer bottle and throw it against the wall.

It shatters.

Dropping to my knees, I grab a glass shard and clench.

Glass slices skin and I squeeze red.

Voices plead in my head.

Slash your neck with these shattered dreams.

Carve a mouth into your throat.

Cut an inverted cross into your wrist.

Slit down the road and across the street.

Pour yourself out.

Paint a suicide note on the wall with blood gushing black from your heart.

Drown yourself in the blood pooling in your palm.

Erase cancel delete.

Goddamn, I'm sick.

I look at my hand, still squeezing red.

Footsteps crunching gravel approach.

The jackhammer stops pounding, and someone behind me asks, "You alright?"

I drop the glass shard and press a bloody handprint onto the wall.

"Fuck you," I turn around. "Where's my shit?"

The old man sets down a duffel bag, and steps closer.

"Look, Gust. If you saw a puppy chewing an electrical cord would you save its life and intervene?"

"Nah," I say. "Not today."

He laughs and sticks his gum in the palm of my handprint, "You know the Narcan I sprayed up your nose is long-acting? Your opiate receptors are blocked for five hours."

"You dick."

Adjusting his hat, he kneels beside me, "Gust, do you want to get well?"

"Do I know you? Who the fuck are you?"

He lights a cigarette and says, "I'm a goddamn angel."

"Whatever you say, man. Just give me my shit and fucking

beat it."

He pulls out a white iPhone and taps the screen, "J Gust Ivey: born February 29th, 1988 at Portland Kaiser Hospital. Your parents live in Bothell, Washington and have been semi-happily married for twenty-eight years. Your favorite food is spaghetti with meatballs. On your chest, you have a tattoo of Bart Simpson shooting a sling-shot. Last year your best friend and lover died. You love chewy fruit candy."

"So you're an ID thief who hacked my info?"

"More like a body thief," he says. "Although 'thief' isn't the right word."

"What do you mean?"

"Have you ever socked an old man in the face?"

"No, but I've always wanted to. Why?"

"I'll give you back your dope if you cold-cock me."

"For real?"

"Yeah," he hands me his cigarette and stands, "as hard as you can. From any angle."

"Okay," I get up and take a drag. "That sounds like a good deal."

"Great," he closes his eyes. "Try to knock me the fuck out."

"Alright," I clench my fist and step back.

"C'mon," he yawns, "I'm bored."

I lunge and clock his face.

—BWAK—

He drops and cries, "AHHHH! You broke my face!"

"Sorry man," I rub my knuckles. "You shouldn't have—"

"I'm just joking." He puts on his hat and springs to his feet, "I didn't feel shit."

I point to his lips and say, "You're bleeding."

He wipes the red from his mouth with the back of his hand, "As you can see, I don't feel pain. This isn't my body."

I kick his shin.

He doesn't even flinch. "Give me my cigarette."

I take a drag and hand it over, "Then whose body is it?"

He points to his chest, "This piece of shit belonged to a guy named Terry."

"So who's Terry?"

"Just a sorry son-of-a-bitch who got on God's bad side. Anyhow, it's my job, as an angel, to hijack the body, help you, then take-out Terry."

"What do you mean by take-out Terry?"

"Take-out Terry as in take a nap on a train track. Or take a swan-dive off the Wells Fargo building. Or take a bath in a vat of hydrofluoric acid. Or go bobbing for apples in a—"

"Okay, I get it."

He says, "Then I go back for another assignment."

"Well, good luck with that. And thanks for letting me punch your face." I hold out my hand. "I'll take back my shit now."

"Alright," he says, "but first, there's something you need to understand."

"What's that?"

"Understand this," he rests his hands on my shoulders, "I am the final crossroad."

Bone Thugs lyrics scroll through my mind and I mumble, "Bone bone bone."

The old man says, "Two paths are laid out before you. One path leads to death, and the other to life. To reach death, you must slay life. To reach life, you must slay death. You follow?"

"Not really."

"Your next shot of dope *will* kill you. This is the path where you slay yourself and enter death. But to reach life, you must slay death, your addiction—you must slay it. Kill it. Only then will you experience life and freedom."

"Freedom? What the fuck does that even mean?"

"Free from your addiction. Free from withdrawals. A rebirth. But choose death, and I walk away. Understood?"

"I'm gonna be feeling pretty sick in a few hours. How long will this thing take?"

"Five hours tops." He removes his hands from my shoulders, "Now, close your eyes."

I shut my eyes and take a deep breath.

Above, a crow caws with a rattle.

"Today," he says, "I call Heaven and earth as our witness that I have set before you, LIFE and DEATH."

My eyes open.

In one hand he cups my bag of dope, "DEATH."

With the other, he holds up a Double-D edge knife with a seven-inch stainless steel blade, "LIFE."

I say, "How does knife equal life?"

"Let's say you're a slave tied to a slave wagon. And the driver loses control and heads full-speed toward a five-hundred-foot cliff. Unless you escape, you're gonna fly off the cliff and smash into the rocks below."

He tilts the knife: etched into the blade is the word, "CUTCO."

"This blade," he says, "will set you free. But don't worry. I'll help you break it in."

I rub my index finger along the blade, "Did you say no

31

withdrawals?"

"Yes, once you complete the mission your withdrawals will vanish."

He pulls back the knife, "But you must choose."

He raises the dope, "DEATH."

He raises the knife, "LIFE."

Crace

He gazes into my eyes, and I see his pupils as two seeds that time-lapse into dragon fruit. My tongue slides across my grime-coated teeth. It's been three days since I last brushed. A few months since I flossed. I want clean teeth, and dragon fruit dipped in warm Nutella. I want a withdrawal-free detox.

"I choose life. I choose life. I CHOOSE LIFE."

"Good," he says, "it'll be fun. Now, TAKE UP YOUR BLADE and WALK."

I grit my teeth.

I grab the knife.

I feel like giving him a chest-bump, but I don't know him well enough to do that.

"You choose wisely," he tosses my bag of dope into his mouth and swallows. "But we don't have much time. You must kill her before the Narcan wears off. C'mon, let's go."

"Wait, kill who?"

"I'll explain after we bandage your hand—c'mon, let's go."

"Okay, but now I have mixed feelings."

"Relax," he grabs his bag, "we're in this together. C'mon, follow me."

I grab my backpack from my car.

Stuffing the knife in my bag, I catch up to the old man.

I say, "Hey, what's your name?"

"It's Simeon Salo," he says, "but you may call me, Salo."

A UPS truck drives by.

I follow Salo across the street and onto the sidewalk.

We approach a plus-sized woman riding an electric wheelchair. She wears a zebra-print top and holds a leash attached to a stuffed-elephant backpack that's harnessed onto a skinny kid wearing an incredible hulk t-shirt. He makes crashing noises while swinging a wooden Santa Claus attached to a toy parachute.

The lady sneezes, and I say, "Bless you."

She looks at me, her eyelids caked with purple makeup.

"Hot damn!" She says, "You're bleeding all over the street, and it's only half-past eight in the morning."

"It's no biggie," I say. "But can you please spare a dollar?"

"Of course, dear."

She grabs her purse, and the kid smashes Santa into the wheelchair.

I wonder what would happen if I sliced the leash and let the kid loose.

And I say, "Where'd you score that bad boy?"

"I beg your pardon," she grabs her chest. "Zachary ain't no bad boy."

"No no, I'm sorry, ma'am. I was talking about your wheelchair. It's nice. That's all I meant."

"Oh good heavens. Thank you. It's got skid-free tires, perfect for maneuvering over slight obstacles," she kicks the tire.

Chanel logos are painted onto her toenails, and her leg's fitted with an electronic ankle monitor.

I say, "Oh, cool."

She reaches in her purse and pulls out a tin can labeled, "BACON STRIPS ADHESIVE BANDAGES."

She hands me a few Band-Aids and says, "Hope you're not a vegan."

"Nope," I say. "All-around meat-lover."

I stick one on my palm and pocket the others.

Salo points to my hand and says, "It looks like you're holding a piece of bloody bacon."

The lady tugs the leash and says, "Zack, look. He's holding a piece of bloody bacon."

The kid sticks his fingers in his mouth and giggles, "Bubby bacon."

The lady gives me a couple dollars, and I say, "Thank you, ma'am."

Salo holds out his hand and says, "I'll hold on to that for you."

I pass the money to Salo, and the lady says, "Now, y'all don't spend it all on a Slim Jim."

She wiggles the wheelchair joystick and rolls off.

Salo points to a "BORN TO RIDE" sticker plastered to the back of the wheelchair.

I use my fingers to make the satanic horn-sign.

Salo puts me in a headlock and gives me a noogie.

Together we smile.

Wokeface

CHAPTER SIX
7-Eleven
8:36 AM (68°F)

Walking up to 7-Eleven, Salo and I approach a man who looks like he's thinking of blowing up shit. His face crooks right under a John Deere trucker hat and his eyes shift above a flared nose and a mustache. With one hand he grips a pancake sausage roll, and with the other, he smokes a cigarette. He sniffs the sausage roll then eats it like corn on the cob. Crumbs fall onto his belly. His tan t-shirt bears a slogan: "WHILE YOU WERE READING THIS I FARTED." I read it a second time and wonder if he farted again.

He-Fart swallows food, crams the cigarette in his mouth, and sucks.

His face vibrates pink.

He exhales smoke through his nose, and our eyes lock.

He points his sausage roll behind me, and he says, "That ride is fucking badass."

I glance back at a yellow Corvette stopped at a red light.

"Fucking badass," he says, shaking his head up and down like he expects me to agree. But I'm afraid if I respond he'll explain all the reasons why the car is fucking badass.

And my brain screams

FIGHT or FLIGHT

FIGHT or FLIGHT

FIGHT or FLIGHT

I freeze up.

Salo pushes me through the double-doors.

A bell rings.

The clerk stands behind the counter while drawing on his arm cast with a black Sharpie.

Salo says, "Hey, can we use your restroom?"

The clerk looks up: white vitiligo patches cover his face and a pair of thick-lensed glasses magnify his eyes.

He hands over a key attached to a fly swatter and says, "No sweat."

Salo grabs it and says, "Thanks."

We walk into the bathroom and lock the door.

A fluorescent light flickers and a fan hums above. Flypaper hangs from the ceiling like strands of yellow party streamers, but there's not a fly in sight. Maybe the cashier just changed the flypaper, or maybe he really hates flies and is super-paranoid. Either way, a fly doesn't stand a fucking chance in this bathroom.

Salo plugs the sink and fills it with water.

Resting by the faucet is a small bottle of "WONDER BUBBLES."

Salo pours some of the bubbles into the sink and stirs it with the bubble wand.

He says, "You ready to die to yourself?"

"I don't know. Depends on what you mean."

"Out with the old, in with the new."

"Yeah, why not." I drop my backpack. "Let's do it."

Salo rips the band-aid off my hand then pulls out a pocketknife.

He slices his right palm red and says, "Let us seal our commitment to each other with a blood oath."

"Oh cool. So we'll be like blood brothers?"

"Yup. Like blood brothers but for eternity."

"Sweet."

He grips my cut hand, and we squeeze.

I fart.

He dunks my hand and a shock bolts through my belly.

Saliva fills my mouth.

I drop to my knees, roll up my sleeves, and hug the toilet.

Acidic chunks rupture from my throat, and I spurt black into the toilet bowl.

My puke twitches and the foul stench burns my eyes like a diced shallot.

I reach into the toilet and grab a flickering wing, "Is that normal?"

He says, "Nope."

I release the wing and the fly buzzes across the room, bounces off the window and lands on flypaper where it tries to wiggle free.

The fluorescent light stops flickering.

I flush the toilet and look up at the poster pinned to the wall. Standing in front of a white backdrop is a beautiful Asian woman wearing a white dress. Her hands clasped behind her head show off her armpits. Her long shiny black hairs flung to the side and hangs over her shoulder. She looks down with brown eyes and smiles, wide-arched, bleached-white, straight-teeth. Above her head floats a small golden dove, alongside blue text: "'Dove gives me the confidence to wear sleeveless tops' –Elisabeth, after using Dove deodorant for 7 days."

My eyes shift to my track-marked arms, and I pull down my sleeves.

"I gotta take a piss." I stand. "Can you give me a minute?"

Salo pats my back and exits the bathroom.

I urinate into the toilet.

But first I go diarrhea.

As I wipe my ass, someone pounds on the door and says, "Hurry up. I gotta shit."

I flush the toilet but the reddish brown water rises to the brim, and there's no plunger, and I don't give a shit.

I wash my hands, plaster on a fresh Band-Aide, pop six Imodium A-D, stuff the bottle of WONDER BUBBLES into my bag, and open the door.

Standing in front of me is Oggie, a kid I know from high school. A red Lacoste polo shirt fits loose on his chub. A sun visor fits snug-tight over his fohawked head. A Bluetooth is wrapped around his ear, and Oakley M-frame sunglasses are shoved over his face.

His smile reveals steel braces, and he holds out his fist for me to bump, "Whuddup, Gust."

I say, "Hey, Oggie. What's up?"

We knock fists.

"Hold on," he says. "Give me a minute. I gotta take this call."

He presses his Bluetooth and talks super-fast, "Chris, what the fuck? I called you like five times. Whatever, listen to me. You can't nickel and dime your customers. We're not selling air. We're not in the air business. We sell top-of-the-line product. Just get it in their hands. And you can see results right away, so there's no discussion. It's not open for debate. You look at your fingernail. Is your fingernail shinier than your other one? Yes. It's not open for debate. It's not open for discussion. Alright, got it? Ima take a shit."

He hits my shoulder and says, "Fuck, dude. Why aren't you on Facebook?"

"Just laying low," I say. "You know?"

"Why would you ever wanna lay low? Whatever—God, you look like a bum. I'm just playing. But seriously, you doing alright?"

"Yeah, I'm golden."

"Golden?" He says, "You wanna see golden?"

He shoves his Rolex in my face and says, "Check it."

I say, "That's really cool."

He removes his watch and dangles it in front of me, "Wanna try it on? Go on, bro."

I reach for the watch.

He yanks it back and straps it on his wrist, "I'm just playing. You can't try it on. But seriously, what're you doing right now?"

I say, "Landscaping at my girl's house."

He says, "So you're no longer with Mai, huh? I mean obviously, you can't be with a corpse. I guess you could but that'd be fucked up —illegal too, I think. Whatever, can't believe that happened last year. That was last year, right?"

"A year ago today."

"Fuck, dude. I know her family blamed you for it but not me. I always stood up for you. It's a bummer she died, but at least she'll always be remembered as having killer tits."

He hits my shoulder and laughs, "KAHAHA FUHUHUHUCK. I'm just playing. I mean she did have killer tits, but—what-cha doing for work?"

"Just teaching English to immigrants for a non-profit."

"That sounds retarded." He laughs and hits my shoulder, "I'm just playing, but seriously that sounds like some lame-ass work. DUDE, give me your number. I'll hook you up with a sick-ass job."

He pulls out his iPhone. "Give me your number, and I'll text you right now."

I tell him my number, confident the decision will eventually cause me regret.

"Okay," he says, "just texted you. Get it?"

My phone vibrates.

I feel regret.

I pull out my phone: one new message. And I'm excited by the possibility that Oggie's message hasn't yet been delivered and the new message waiting in my inbox is from a person I like.

The message reads, "DON'T BE A FAGGOT CALL ME — OG."

Someone taps my back, so I turn.

Salo holds out a Slurpee and says, "I bought you a Slurpee with our panhandling money." I grab the drink.

Salo says, "It's the new Fanta Oddball Orange flavor."

Oggie laughs/swears and says, "Wow. Did he just say, panhandling money? Seriously? The new Fanta Oddball Orange flavor? Who the fuck is this guy?"

Salo says, "I'm friends with Gust. Just helping him out today."

Oggie says, "Helping him get into the homeless shelter. Just playing. But seriously."

He aims his iPhone camera lens at us, "Say cheese-dick."

Salo wraps his arm around me and whispers, "Acceptance is the key that unlocks the door to happiness."

I raise my Slurpee and smile like a goddamn chump.

Click.

Oggie taps his phone screen, "Congratulations, Gust. You are now on Facebook. Everyone's gonna flip their shit when they see that pic."

The store bell rings and in walks He-Fart, his lower lip stuffed with chaw.

He-Fart approaches Oggie and says, "That your yellow Vette parked out front?"

Oggie pulls out his keys and dangles them in front of He-Fart, "Wanna take it for a spin?"

"Fuckin' A," says He-Fart, "seriously?"

Oggie shakes his head up and down, "Totally."

He-Fart reaches for the keys.

Oggie yanks them back, "No, I'm not serious you fucking idiot—Gust, look at his face. He's gonna cry. KAHAHA FUHUHUHUCK."

"Sorry," says, He-fart. "I just wanted to—to—to tell you it's a badass ride."

"Yeah, I know its badass. That's why I bought it, fucking dip-shit. FUCK OUTTA HERE."

Oggie shoves He-Fart.

He-Fart falls on his ass.

Oggie cocks his fist.

He-Fart cowers.

Oggie laughs.

The cashier creeps up on Oggie and jams a Taser into his neck.

—ZAP—

Oggie drops to the ground and spazzes, "Ghhrrr khrrrr ghrrr."

And I imagine clapping as the cashier bows.

But I just sip my Slurpee, and the cashier says, "No sweat."

He-Fart shuffles to his feet and runs outside.

Oggie twitches and mumbles, "I was—I was—I was just playing."

Salo nods at me and says, "Go on. I'll meet you out front."

I drop the fly swatter next to Oggie and say, "Ride-or-die."

Oggie mumbles cuss words, and I carry my Slurpee out of the store.

He-Fart dashes away from Oggie's Corvette, the driver door keyed with the word, "KWEER."

CHAPTER SEVEN
Saint John the Baptist Catholic Church
8:48 AM (71°F)

Outside the 7-Eleven a lady hunches over the Redbox, tapping the screen. What kind of person rents movies on a Thursday morning? I sip my Slurpee and watch her scroll through new releases. She bounces up and down, "Oh, thank God," and picks the blockbuster, *Jack the Giant Slayer*.

The 7-Eleven door swings open and out walks Salo. I follow him around the corner and through a Catholic Church parking lot. A gust of wind blows a crumpled McDonald's burger wrapper under a Prius.

We step onto the church's brown lawn, and towards a stone well that's blocked off with wood stakes and yellow "WARNING" tape.

Salo picks up a rock and lobs into the well. It hits the bottom with a thud.

We walk to the steps that lead to the back door of the church.

Salo starts taking shit out of his bag:

a pen

a notepad

a stick of deodorant

two 12oz cans of Red Bull

a box of Goldfish Crackers

today's Oregonian newspaper.

"Jesus Christ," I say. "You steal that shit?"

He sits on a step and removes his shoes, "'Stole' is the wrong word."

I take a seat beside him, "What do you mean?"

He pops open the Red Bulls and hands me one.

"Thanks," I pour it into my half-full Slurpee.

Salo opens the crackers and removes his socks, "Who's in charge of the 7-Eleven right now?"

"I guess that'd be the clerk."

"Correct," he says. "And who's in charge of him?"

"The store manager."

"Good. Now, who's in charge of the store manager?"

"The owner."

"Correct again. And lastly, who's in charge of the owner?"

"Who?" I say, "His wife?"

"C'mon. Think outside the box. And by box I mean universe."

I say, "God?"

"Exactly." He picks at a plantar wart on his foot, "And I work for God."

He holds out a pack of Nat Sherman's so I take one.

Salo grabs a cigarette then lights both our tips.

He takes a drag and waves his index finger, "God owns everything: the sky, the trees, the mountains, the birds, the 7-Eleven's. It's all his stuff." He points to his loot. "So this is nothing more than company office supplies for employees."

"And you're God's employee."

"Yup," he hands me the deodorant. "Company deodorant."

"Cool, thanks. And it's Dove. Just like the poster."

Salo says, "Look, before we get started, there's something we need to clear up."

"Sure." I take a drag. "what's that?"

"You must be honest if you want to slay your addiction."

I rub the deodorant under my arms then stuff it in my bag.

"Of course," I say, "No problem."

"I mean one-hundred percent honest. I overheard your conversation with Oggie, and it was pretty clear that you lied. It may seem minor, but if you can't be honest with others, then you can't be honest with yourself. And if you can't be honest with yourself . . . it won't end well. Understood?"

"Yeah, I get it."

"So going forward, do you agree to tell the truth, one-hundred percent?"

"From now on I'll be honest. One-hundred percent. Promise. But what were you talking about when you said 'kill her'?"

He says, "Your drug addiction has the same traits of an abusive relationship. Your drug is the woman. She's enslaved you. Follow?"

"Kind of."

"She's like the Cone Snail. Have you heard of the Cone Snail?"

"That's just a slug with a shell, right?"

"Not quite. Imagine God tore off pieces of forest and desert and rolled them together into tiny cones then scattered them along the tropical ocean."

He grabs a pinecone off a step and says, "This is the Cone Snail

48

lurking at the bottom of the ocean. Along comes a fish, swimming by, admiring the pretty little snail. And POW—the snail fires a harpoon into the fish's head and injects it with hundreds of toxins. The fish is pushed into excitotoxic shock, and it falls into a flaccid paralysis. Then the Cone Snail retracts the fish and swallows it whole."

Salo tosses a cracker into his mouth.

I take a drag. "Don't fuck with the Cone Snail."

"Damn straight. And that's why you must crush her."

He pours me a few crackers, so I hold out my drink and say, "Wanna try?"

Salo takes a sip.

I wipe the straw with my shirt to clean off the germs.

Between my feet an ant paces, searching for food. But there's no food in sight. Poor little guy. I place a fish cracker between my thumb and finger and smash it over the ant. Crumbs rain on the bug: manna from heaven. And I smile. Because that's what life's about: sharing with friends.

And I say, "Mai was obsessed with giraffes."

Salo says, "Huh?"

"Mai. She used to watch giraffe videos on YouTube and get all giddy. She even had a giraffe tattoo on the inside of her arm. And these old bedsheets covered with cute little giraffes. It was weird. She grew up on a farm with all these cool animals, but her favorite was the one she couldn't have.

"Back in October of 2011—one of her last birthdays—I blindfolded her and drove her to the zoo. I made her a playlist and had her listen to it on headphones as I led her to the giraffes. I brought a bunch of carrots wrapped in Saran Wrap, so I handed one to Mai and told her to lift it high over the wall. She did, and a giraffe reached down and gobbled it right out of her hand. She freaked out and pulled off the blindfolds and freaked out more—it was magic."

Salo chuckles, and I say, "Feeding the animals wasn't allowed, but we didn't give a shit—we jammed needles into each other's neck and called it romance. Anyhow, we fed the giraffes together. It was the happiest moment of my life. But then I held out the last carrot, and a baby giraffe choked on the Saran Wrap and dropped dead. I killed a baby giraffe. On Mai's birthday. She screamed and cried and hit me. And then we ran off and banged a bag of dope. It was horrible."

Salo hands me the pen and notepad and says, "It's time for you to write her a goodbye letter."

"To Mai?"

"To your drug. I want you to open your notepad. On the top of the first page, write, goodbye. Then write her name, any name you choose."

I open my notepad and write, *Goodbye*. Beside it, I write, *Poppy*.

"Goodbye, Poppy."

"Perfect," he says. "Now start with an introduction. How you met, what that was like, and so on. The length's not important. What's important is that you're honest. Trust the process and do it to the best of your ability. Whatever you write will be perfect. And relax, no one will read it but you."

Salo picks up the newspaper.

I begin my letter:

Killing Poppy

Goodbye Poppy
Remember when Doctor Spear III introduced us?
You were dressed in a slick orange bottle,
secured with a child safety cap
My name written along your rounded frontal strap
My hopes were low as I undressed you
Your hard white body,
curved on both sides
Your birthmark,
a mysterious WATSON 349
I placed you in my mouth
and swallowed.

A little person carrying a spray canister approaches us from the front of the church.

He flicks a coin into the well and says in a monotone, "Make a wish."

I wish for a cinnamon roll and say, "What's up with the well?"

"I'm glad you asked," he says. "A kid fell down the well cracked his skull. City said we gotta cap it off. So tomorrow the boys are filling it with concrete. But since everyone likes the way it looks, they're turning it into a fountain."

I say, "Oh, that's too bad."

"But the fountain will be great." He looks at my shoes, "Fresh kicks."

"Thanks. I just got them."

"That's exciting." He walks to the Prius, sits on the hood, and shuts his eyes.

Salo hands me The Oregonian and points to a front-page

story.

Below an article about the Patriots' tight end, Aaron Hernandez, being charged with murder, is a story about heroin:

Drug dubbed "Chimy" floods Portland, killing eight within 48 hours:

Portland, Oregon. The Department of Health issued an alert on Tuesday after police responded to eleven overdoses, resulting in eight deaths, within a 48-hour span.

All eleven cases have been linked to heroin cut with fentanyl and benzodiazepines, a deadly white-powdered combination being sold on the black market as "Chimy," short for "Chimera" which, according to Greek mythology, is a fire-breathing hybrid monster that's equal parts lion, goat, and serpent.

Multnomah County health official Clyde Gee said, "Those drugs alone are lethal but when combined—a half gram could kill three fat men."

Fentanyl, a schedule II synthetic painkiller used to treat cancer patients, is fifty times more powerful than street heroin, and benzodiazepines are schedule IV tranquilizers prescribed to treat anxiety.

"We see heroin all the time," said Multnomah County Sherriff's spokesman, Fred Ladeck, "but nothing like this. This white stuff takes the cake."

Health officials believe this is just the tip of the iceberg, and expect to see more deaths as the drug reaches surrounding counties.

The CDC advised police and medical professionals to ensure that they have an adequate supply of Narcan, an emergency antidote to opioid overdose.

The Church's side door opens and out steps a priest, dressed in a white-collared black priest vestment.

I say, "Good morning, Father."

He sucks on a black Vape Mod and points to a "NO SMOKING" sign plastered to the back door.

I snub my cigarette on a step.

Salo flicks his butt into the well.

The little person slides off the car and walks to the lawn.

The priest steps inside and shuts the door.

The little person covers his face with a surgical mask and begins spraying the lawn green.

Paint fumes billow towards us.

Crace

CHAPTER EIGHT
Outside Belmont Methadone Clinic
9:31 AM (76°F)

My armpits itch and my busted AC blows with the chill of a dragon's dying puff. I drive past Taboo Adult Video, and the radio plays Bruno Mars' "Locked Out Of Heaven." Salo turns off the radio and tells me to go left on Southeast Belmont and up to 26th.

I merge onto Belmont, and we drive by a billboard promoting seatbelt safety: a nighttime picture of a car crashed into a tree. The car's windshield is shattered, and the light beams shine on a man splayed out on the street. Printed below the image is bold white text: "WHO ARE YOU PREPARED TO KILL? NO SEATBELT NO EXCUSE."

I glance at Salo and say, "You don't wear your seatbelt?"

"A seatbelt won't hold back an angel like me—hey, want a piece of gum? I got their new Root Beer flavor."

"Oh cool," I say, "I haven't tried that one."

He hands me a piece, which I pocket.

We drive past a man wearing a cape and holding a cracked full-length mirror.

And I say, "Are angels broken?"

55

"Only fallen angels break."

"That explains things."

We drive past a firework stand.

Salo pinches my nose, "Can't believe you killed a baby giraffe."

"You know that giraffe got Mai and me straight . . . for a minute."

"Oh yeah?"

"Yeah, Mai and I couldn't hold on to one another and Poppy at the same time. And we couldn't let go of Poppy. But that was all an illusion, and it died with that giraffe. We weren't holding on to Poppy—we were held by Poppy while she pulled us apart."

"So how'd that get you clean?"

"Mai always dreamed of traveling through Africa. She wanted to go on a safari and see giraffes running wild. So the day after the giraffe died we agreed to get clean and go. We got on Suboxone, got jobs—she waited tables while I worked in a call center—and we saved up and bought two round-trip tickets to Zambia. We were supposed to go last July. But, we never made it."

Salo rubs my shoulder, "I already knew all that—hey, park in that lot to the left."

I pull into a rectangular lot and back into a shaded spot beneath a blank billboard.

The lot's filled with old cars and is walled off with a twenty-foot row of dead shrubbery.

I unbuckle my seatbelt and Salo says, "Relax, we stay put for now."

He reaches in his bag and pulls out a bunch of sage tied together with string.

He burns the tip, smoke rises.

A red van pulls into the lot and parks behind a TriMet bus shelter.

The driver door opens and out steps a man dressed in FILA warmup gear.

FILA removes a chair from the van and sets it in the handicapped parking spot.

He lifts an old lady from the passenger seat and sets her in the chair.

He kisses her cheek then darts toward the methadone clinic across the street.

I say, "Why are we at the Methadone clinic?"

"You're free to join them," he says. "Go on. Don't you want it?"

"It's kind of a process, so I'll ride this out with you."

He blows on the burning sage, "Alright, just checking. Pull out your notepad. I want you to pick up where you left off."

"And where would that be?"

"Write about what it was like the first time you were with her."

"Gotcha," I continue my letter:

With pinpoint pupils, I felt your flesh
Your golden shower warmed my red rivers
it made my pee-pee go weeeeeeeeeeeeeeeeeee
eeeeeeeeeeeeeeeeeeeeeeeeeeeeeeeeeeeeeeeeeeeeeeeee
eeeeeeeeeeeeeeeeeeeeeeeeeeeeeeeeeeeeeeeeeeeeeeeeeeeeeeeeeeeeeee—

"Help!" screams the old lady, "Help!"

Salo says, "You gonna help her or what?"

I toss my notepad into my bag, exit the car, and approach her.

The old lady sits in the chair like a paraplegic zombie reaching for brains.

"Help!" The sound of saliva bubbles with each word, "Help!"

She's covered with a canvas apron that's dotted with cigarette burns. A black fisherman hat rests above her eyes, two caves in a face of rosacea-patched skin.

"Help!"

"What's wrong?" I say, "Are you alright?"

"Help." She extends her blue-veined hands, "I can't reach my purse."

I pick up the bag resting between her feet.

She licks her lips and says, "Gimme cigarette from purse."

Reaching in, I fumble through the contents:

inhaler

wad of cash

uncapped toothpaste

bottle of pink liquid methadone

cigarettes

lighter.

I grab her Capri menthols and stick one between her thin, crusted lips.

I light her smoke and drop the purse on her lap.

Her yellow fingers shake as she sucks: the tobacco crackles orange.

She exhales smoke. "Do you have five dollars?"

"Sorry, I only have like ten dollars in my bank account."

"Gimme half," she takes a drag. "Split it fifty-fifty."

"Can't. I'm saving for a pizza."

She drops the cigarette on her purse and says, "Look what you made me do."

My fingers clench, and I imagine gently strangling her to death.

She picks up her smoke, and I massage her shoulders, "Relax, miss."

"Ouch," she says, "you creep."

I press her backbone, confident I may break it on accident.

Her breathing speeds into half-breaths, and she makes noises, "Kch kch kch."

I remove my hands and face her, "Are you alright?"

She coughs phlegm onto her chin.

Her cigarette falls to the pavement.

Hyperventilating, she clutches her chest, "Help, I can't bree— bre—br—"

She grabs her purse, dumps the contents onto her lap.

Her inhaler drops to the ground.

She claws for it, but it's just beyond her reach.

I pick up the inhaler.

Her hands jet out toward me, and her eyes reflect hope.

Salo rests his hand on my shoulder and says, "It's probably in the best interest of the world to just . . . let her do her thing, you know?"

Salo holds out his hand.

She grasps her neck, "Hel—hel—hel—"

Her face hypercolors plum.

Copper arteries spider across her eyes.

I drop the inhaler in Salo's hand.

He pats my back and says, "You're doing the right thing."

"Hel . . . hel . . . hel . ." her words fade into a gurgle.

Pink foam bubbles from her lips turning purple.

I think about giving her mouth-to-mouth and how gross that would be.

Salo nudges the lady with his elbow and says, "All done?"

Her body slumps forward, dentures drop to the ground.

I kick the dentures across the parking lot. It's just a natural response.

Poor woman lies still and quiet, so I place my fingers on her carotid artery. The first time I touched a dead body was when I buried my dead guinea pig when I was six. This is the fifth time I've touched a dead one, not including insects.

I wipe my hands on my pants to clean off the germs, "Guess I should call 9-1-1."

"Hold your horses," Salo says. "No need to overreach."

"Really?"

"Her son will take care of it. But you might as well clean up the money she dropped," he points to the cash lying on the ground among all her shit.

"Sure?" I say. "You think that's cool?"

"The dead can't spend."

"But what about her son?"

"Finders keepers, losers weepers."

"Good point."

Salo walks to my car, and I lean over to pick up the money. Beside it lies a stack of white bags bundled with a rubber band. My fingers snatch it, and I thumb through it: ten bags, each about an inch and a half in diameter, and imprinted with a red dragon-like chimera.

Salo starts the car.

I slip the bundle in my front pocket and pick up the cash,

stuck together with toothpaste.

I peel apart the bills and count it: three-thousand five-hundred twenty pesos.

Pocketing the wad, I grab the fisherman hat from the lady's head and put it on.

My phone vibrates, so I pull it out. Text from Oggie, "I'M SUING 7-11 FOR 10 MILLION$$$!!! TESTIFY IN COURT FOR ME AND I BUY U A PIZZA SLICE."

Salo honks the horn, pulls up beside me and says, "Hop in! We gotta bolt."

I get in the car.

Salo drives off the lot.

My rear windshield shatters.

I look back: Fila runs towards us as he loads a slingshot.

I scratch my armpits.

Salo punches the gas.

I sip chocolate Nesquik and watch happy people ice skate, just a grenade lob away. At the table beside us sits a teen with stretched earlobes and a Slipknot t-shirt. He wears earbuds, plays with an iPad, and eats caramel corn. Salo picks at my cinnamon roll while I rub the bristles on Mai's comb.

And I say, "Did we kill that lady at the clinic?"

Salo says, "Don't be so hard on yourself. We just refused to enter into a codependent relationship with her—that's it."

"Before Mai died," I say. "She shaved off all her hair and sold it."

Salo looks at the brush and says, "Jesus, that's depressing."

A beautiful blonde-haired lady approaches.

She holds the hand of a preschool boy—probably her son—who appears to have Down syndrome and is dressed in OshKosh B'Gosh.

Lil' Osh Kosh points at me and says, "Oht oht."

The mom pulls him close and stink-eyes me like I offered the kid a Skittle.

I tilt my hat over my face.

She walks him to the ice skate rental desk.

Salo says, "What was that all about?"

"I don't know. It happens a lot."

"What does?"

"People treat me like I'm contagious. Like if they get too close to me, then they'll catch it and become pathetic. It sucks. Also, whenever I catch a beautiful woman looking at me, I feel the need to apologize."

"It sounds like you need childlike faith."

"The fuck's that supposed to mean?"

"You heard of Frank Morris and the Anglin brothers?"

"Sounds familiar," I say. "Who are they?"

"Alcatraz Penitentiary operated from 1934-1963. In those twenty-nine years, thirty-six prisoners attempted to escape. They all were recaptured, shot to death, or drowned. All of them except Frank Morris and the Anglin brothers. In 1962 they escaped alive. You know why?"

"I don't know," I say. "Preparation and luck?"

"Nope," he says. "Childlike faith."

"My mom says I have childlike faith."

"She's wrong. You have junky faith."

"What's the difference?"

"Junky faith is a combination of desperation, stupidity, and skepticism. Childlike faith is a combination of innocence, imagination, and optimism."

"So how'd the prisoners have childlike faith?"

"They escaped using a raft they built with fifty raincoats and an accordion. That's something a child would think up."

"You're right," I say. "That makes sense."

"Good. And I'm the raft so, hop in—now get back to your letter. I'm gonna take a holy shit."

Salo walks off, and I grab my pen and notepad from my bag.

I continue my masterpiece:

eeeeeeeeeeeeeeeeee

eeeeeeeeeeeeeeeeeeeeeeeeeeeeee

eeeeeeeeeeeeeeeeeeeeeeeeeeeeeeeeeeeeeeeeeeee e e e e e e e e e

e e e e   e   e

and then you came in my cold cracked heart

then we cuddled

this assignment is fucking dumb—

Salo flicks my ear and looks at my notepad, "Gust, stop screwing around. You need to take this seriously."

"Sorry. I don't know what to write."

He pats my back and says, "Write about the chase. And try to focus on all the junk."

He walks off, and I continue my letter:

Remember that night I found you bottled up in my mom's purse?

The day I retrieved you from that kitchen counter-top?

It was at the neighbor's house while I watched Mikey,

the kid with broken legs

That time I heard you were at Grandma's place?

I couldn't believe my luck

when I found you hiding in her underwear drawer

Each time I took you home,

convinced you were the whore—

Remember when I pawned my Xbox to be with you?
Your skin had blackened your body a sticky tar
I broke you in half
We went at it on those shiny foil sheets
It was so hot that night
you swirled up in smoke
I sucked you deep into my lungs,
Afloat in Theotokos' womb—
weeeeeeeeeeeeeeeeeeeeeeeeeeeee—

"Gust!"

I look up: Salo stands barefoot on the ice rink.

He holds his duffel bag and waves at me.

I get up and rest my hands on the four-foot wall surrounding the rink.

"What are you doin?" I say, "Get off the rink."

"This is fun," he slides toward me. "Take off your shoes and join me."

"Fuck that."

"Don't be a little bitch," he says. "C'mon, childlike faith, remember?"

"Nah, I don't think so."

He leans over the wall and whispers, "Gust, hop in."

"Okay."

I remove my shoes and socks, stuff my shit into my backpack, and walk to the open gate.

"Fear not." Salo walks. "Come to me."

Some hater skates by and says, "You're gonna break your goddamn neck."

I walk onto the rink.

Ice bites my feet, and I breathe in the scent of cotton candy.

Forty people playing on ice inside a mall.

A teen girl texting on her phone skates into the wall.

Salo leads me to the center of the rink, and I say, "Think we'll be arrested?"

"Relax," he says. "Look at the children."

Twin girls dressed in pink-frilled dresses skate by with their parents. They point at me and laugh. *They're laughing at your feet*, I tell myself, *not your face*. And that makes me feel a little better.

Salo wraps his arm around me, "I want you to walk around the rink and look directly at each person passing by. Though their eyes may look like thunderbolts in the hands of Zeus, rest assured, they're nothing more than noodles in the hands of a hungry frog. And one more thing. Before Frank Morris and the Anglin brothers set sail, they threw off any extra weight so they wouldn't sink. So if you're holding any extra weight, now would be the time to release it. Throw it overboard. Now go, my son. Fly away."

He walks off.

My feet freeze numb as I walk toward the west end of the rink.

A middle-aged woman skates at me, and I look into her eyes.

She glares back and says, "Whack-job."

Speeding up my pace, I raise my hands like wings preparing for flight.

But the dope is an anchor in my pocket.

I pull out the bundle and remove the rubber band.

Killing Poppy

As I tear open each bag, I dump you into my palm, and curse
you with a blow:
Junk,
Sporting long-sleeve shirts in summer heat
and Nerd Ropes,
Newports,
Ramen,
and Redbull,
all on the same receipt
Junk,
Puking bile in the rain on Northeast Wasco
as my dealer shakes Tapatio on his third taco
Junk,
Shooting up on the toilet in Panda Express
as a gramps in Depends pounds the door with excess
Junk,
Jerking off in my car with a scrapped bottle of Arizona Sun
and my dick going limp before I can cum
Junk,
Shielding my Oregon Trail card —waiting in line,
and swiping it at the register —watching it decline
Junk,
Squeezing dirty cottons to stave off the chills
Trading a Pete Rose rookie card for two codeine pills
Junk,
Robbing a bum for a pair of Reebok's
Catching scabies at Hooper detox
Junk,
Charging my phone at Holladay Park

Avoiding the STD clinic on SW Stark

Junk,
Swapping stolen pomade for gear
Squirting stolen enemas up my rear
Junk,
My head cry: more
My heartbeat: sore

After turning the last bag into falling snow, I rummage my backpack—something's missing.

My Cutco knife is gone.

I look around.

Salo stands at the east end and waves his hands, conducting an orchestra.

Chilling in the center of the rink is my blade.

People skate right past it.

I dash and slide and grab it.

Someone yells, "Knife!"

Forty people on ice skates panic.

My hand squeezes the grip.

A stocky man skates at me, full-speed, fist cocked.

Not sure if he'll hit or tackle, so I duck.

And tip the knife point up.

He tackles me.

My back slams onto the ice.

He lies on top of me and screams.

His breath reeks of pastrami.

His eyes shock wide under an OSU ball cap.

Warmth soaks my hand, as I grip the knife, the blade somewhere inside his gut.

I shove him off.

Standing up, I pull the blade from his belly.

Blood glugs from the gash and floods his white shirt red.

He grasps the wound and pleads "help" as blood seeps between his clutch.

"I'm sorry," I say. "I'll get help. You're gonna be fine."

Someone yells, "Freeze!"

A guy on ice skates aims a pistol at me, "I'll shoot."

He glides toward me in a t-shirt that says, "9/11 Never Forget."

Gripping the knife, I raise my hands, "It was an acciden—"

—CRAK CRAK CRAK—

Bullets zip by.

The recoil pushes The 9/11 Gunman back, sliding.

I drop the knife.

He lowers the gun and says, "Whoops, my bad."

A lady behind me screams, and I look back.

Laid out on the rink is Lil' Osh Kosh, his head blown, scattered brains steaming on ice.

His mom kneels over him and picks up bits of skull, pieces of The Lil' Osh Kosh Puzzle.

A hand grabs my shoulder from behind.

I turn to Salo.

He's chewing bubblegum.

He says, "Gust, you were just victimized, but you are not a victim."

I say, "What?"

He hands me the knife and says, "Here, take this."

I toss it in my backpack.

He hands me a Taser, "And this."

He hands me a black gun, "This one too."

I shove the company weapons in my bag.

Twitching on the rink behind Salo is The 9/11 Gunman.

Salo nods for me to follow then walks toward the gate.

I grab my hat off the ice and catch up to Salo.

Teen Slipknot stands outside the rink and leans over the wall.

Still wearing earbuds, he aims his iPad lens at the guy with the gashed gut, passed out and still gushing red.

Teen Slipknot nods at me and says, "That was tight."

He goes back to filming the ice rink bloodbath.

Salo and I put on our socks and shoes.

Police officers run from the far end of the mall toward the rink.

We pick up our bags and walk in the opposite direction.

Someone taps my back and says, "Excuse me, sir."

I turn around.

Teen Slipknot says, "You forgot your chocolate milk."

He holds out my carton of Nesquik.

I grab my milk and pound it then crush the carton with my hand and throw it over my shoulder and say, "Thanks, kid."

CHAPTER TEN
Southeast Portland
11:16 AM (79°F)

Cop sirens blare. Salo chews gum and drives south on Northeast 33rd. A black SUV tails us. We turn onto Southeast Sandy Boulevard and pass Rip City Skate. Something under my car hood clicks. My intestines cramp with gas. I pick off a Sour Patch Kid stuck to my seat and flick it out the window. Warm air blows in through the shattered rear window. I wipe sweat from my forehead. I look out for cops.

Salo says, "Take the wheel," and reaches towards the backseat.

I grab the wheel and struggle to keep the car from swerving.

He tosses a black t-shirt onto my lap and says, "You should change."

He takes over the wheel, and I hold up the shirt, which bears the Superman logo.

I say, "You steal this too?"

"What?" he says, eyeing some lady at a bus stop.

I pull off the price tag, "Nevermind."

Removing my blood-stained shirt, I scan my upper body, skinny and pale. Black hairs poke out from my Bart Simpson

71

tattoo. A pink rash surrounds my hairy armpits.

I toss the red-soaked shirt onto the floor and slip into the Superman t-shirt.

Salo adjusts his hat, "Christopher Reeve once said, 'What makes Superman a hero is not that he has power, but that he has the wisdom and the maturity to use the power wisely.' Boy, he played the best Superman. Sucks he fell off a horse and snapped his neck."

Another siren blares.

"More cops," I say. "They're everywhere. I should just torch the car with everything in it. Destroy all evidence."

He says, "But then you'd have to light yourself on fire and pray the rain don't save you."

I grasp my hair and gaze at the car roof, "Fuck fuck fuck."

Salo rubs my shoulder and says, "Relax. That guy at the mall attacked you. And that other man shot and killed that kid. Trust me, you're the hero. I should know . . . I'm a goddamn angel. Besides, that siren came from a fire truck. You can tell because they use a musical major second note. Police use a perfect fourth note, and paramedics use a perfect fifth note."

My head pounds, so I search the glove compartment for Advil. I can't find any, so I grab my pen and notepad.

The time you first pulled out that freaky toy,
a skinny tube with a plunger and orange cap
I pulled it off revealing a sharp needle tip
Although I'd never been penetrated
I craved your brown drip
You swayed me to engage in kinky shit

You fucked me hard
I couldn't break your grip

Remember that night I took you out to Popeye's Chicken?
My goal that fall was to bang you in every fast-food bathroom
We did our thing on the toilet, and I ate a po'boy and fries
Driving home, I gouched and smashed into the back of that van
Paranoia frayed my thoughts as I sped off
I raced you home, "You fucking cunt," and threw you against the
wall
Your pleas for mercy pushed me to repent
I genuflected and lifted you off the floor,
raised you to the heavens

We undressed in each other's arms
I fixed you up into a boil
Together we—

—THUD—

Salo breaks.

I fly toward the dashboard.

My hands brace, "Fuck!"

Salo slams the steering wheel with his hand, "Shit-fire!"

I look out the front windshield, "What'd you hit?"

Salo backs up the car, revealing a black goat with two horns, lying on the street.

"You hit a Belmont Goat." I point to the goats fenced in across the street, "You just killed a tourist attraction."

He pulls the car to the side of the road and parks, "One time in

Turkey, fifteen hundred sheep jumped off a fifty-foot cliff. A third of them died. One of the largest mass suicides in the history of the world —now go drag that thing off the street."

I open the passenger door and step out.

Holding my ballpoint pen, I walk toward the goat. It's a black buck with a white tail and beard and two-foot-long horns that curve back.

He's sprawled out, legs bent, rib cage expanding and contracting.

Kneeling down, I poke his nose with my pen.

He opens one eye and says, "Meh-eh-eh-eh" in goat language.

Salo yells, "Hurry up, I'm bored."

A car drives by.

I walk up to Salo, "He's still alive. Let's drop him off at the ER."

He dangles the gun out the window, "Drag him off the street and cap his ass."

"No way." I push the gun away, "He's gonna make it."

"Your bumper crushed its organs. It has internal bleeding and is gonna die a slow and painful death like people with cancer. C'mon, do the right thing and cap his ass."

I rub my open hand down my face.

"Meh-eh-eh-eh."

Salo shoves the gun grip into my chest and says, "Gust, hop in."

I grab the gun—heavy as a brick—and point the muzzle at Salo's face.

He blows a pink bubble till it hits the barrel and pops.

He flashes the surrender-hand-raise and says, "At least do the right thing and shoot the goat first."

Another siren blares.

"Mehhhhh-h-h-h-hrrrrr!"

Tapping the gun against my head, I approach the goat.

I stick the barrel between his closed eyes.

His eyelids quiver open, revealing two black rectangles frozen in amber. A blade of grass sits on his left eye, and he blinks three times.

I pet his head. "Cute beard, mister."

The goat looks at me and says, "Mai."

MAI

MAI

MAI

"Goddamn you, Mai."

I close my eyes and see twenty-four eyes judging me.

The goat says, "MAI."

I open my eyes and drive the barrel into his forehead.

Salo says, "C'MON!"

A siren blares.

My eyes shut, and I hum *Auld Lang Syne*.

I pull the barrel from the goat's head and stick it in my mouth because it's a better fit.

Up, up, and away.

Sincanvas

I laugh and pull the trigger.

Click.

My eyes open.

Salo leaps from the car and swipes the gun.

He smashes the butt against the goat's head.

It grunts, and his tongue slides out, lolling.

Salo smashes the goat head some more then slides the gun under his belt.

He says, "You're lucky I emptied the magazine. Don't pull that shit again. Next time it'll be loaded. Now, help me out."

He grabs the goat's front legs, and I grab the hind legs.

We carry him off the road and drop him onto a kid's sidewalk chalk art.

We get back into the car.

Salo takes out his handkerchief and cleans his hands.

Wiping my hands on my pants, I look at the goat.

The goat looks at me and says, "Mai."

I pump my Reebok's and grab the knife from my bag.

I step from the car and strut to the goat.

Standing over him, I grasp under his jaw and yank his head back.

I place the blade above his neck collar and slice: blood spurts like lava, his eyes pop, legs kick, body convulses.

He squeals.

I let go, and he writhes and hoses red onto a chalk drawing of a yellow hot-air balloon.

The goat wheezes, "Mai," through the goddamn neck-hole.

I grip his clucking muzzle and jerk his head back: a billy-goat Pez dispenser.

The Pez pours out red, "FUCKING CUNT."

I drive the blade into the gash and saw.

Gristle splits open, and steel carves through bone.

Dropping the knife, I step on his rib-cage and press my foot down.

The goat heaves.

Grabbing his head, I wrench back and twist (with the hope of ripping off his head) till the

attached skins snap.

Salo claps.

And I smile.

Bending my knees, I raise the goat head toward the heavens and sing,

"Should old acquaintance be forgot,

and never brought to mind?

Should old acquaintance be forgot,

and old lang syne?"

"The hell you doing?" says some guy standing over a bicycle and wearing a t-shirt that says, "KALE."

The man looks concerned.

He's also pointing his phone at me and filming.

Next to my foot lays the headless body, motionless, except for his tail, waving goodbye. Blood dribbles from the severed neck, drip drip dripping into a red pool.

"Acceptance," I say, "is the key that unlocks the door to happiness."

I lower the goat head, mouth still snapping.

"You're bat-shit crazy," he says. "A sick fuck."

"Relax," I point behind him. "Look at the children."

He looks back.

I grab the knife and goat collar then hop in the car.

Salo hits the gas and peels out.

Kale Guy yells, "SICK FUCK!"

Salo says, "That guy has no sense of humor."

The car AC turns on and blows cool air.

I place my hand over the vent, "It's a miracle."

Salo winks and says, "Sorry about your bumper."

"It's cool," I say. "I don't care about my car."

"So, you gonna keep Bambi's head?"

I say, "Bambi?

He points to the goat collar, "Yeah, Bambi."

I look at the name tag, "Oh, cute. Bambi."

He busts a left on Southeast Hawthorne, "So, what are you gonna do with it?"

I stick my hand through the collar and strap it tight to my wrist.

"I don't know," I pet Bambi's head. "Something neat."

CHAPTER ELEVEN
Wells Fargo Bank
11:49 AM (70°F)

Walking up Southeast Hawthorne, I pull out my phone and dial up my favorite dealer. After a beep, I enter my phone number, press pound, and hang up. My shoe lands on a piece of gum. I pull off the gum and toss it down a street drain. My phone vibrates: private number.

I answer, "Can you meet me on Thirty-Seventh Avenue, just off Hawthorne?"

JOSE: "Twenty minutes. What you want?"

"One gram," I say. "Give me that Chimy."

JOSE: "Okay, see you in twenty."

"Perfect."

He hangs up, and I pocket my phone and walk into Wells Fargo.

Two tellers stand behind a counter at the far end of the bank. To deal with them, I have to get in line behind six people.

Beside the customer workstation stands a mini carriage-shaped popcorn maker, filled with popcorn. Tied to the carriage are two floating balloons, one red, and the other yellow.

I walk over, scoop a bag of popcorn, and stuff it in my backpack.

The red balloon pops.

Everyone in line looks at me.

I shrug and scratch my armpits.

They stop looking at me.

I take my place in line and face the tellers.

The wall behind them showcases a painted mural of the Wells Fargo logo: six brown horses pulling a red Concord stagecoach with yellow wheels. Two men wearing cowboy hats sit on the driver's box. The guy on the right is the Charlie. He grips the reigns steering the horses. On his left is the conductor. Sitting behind them, inside the coach body, is a happy looking family of three: A well-dressed father with a mustache, a pretty red-haired mother, and a cute little daughter wearing a bonnet. Above the stagecoach and horses, is the Wells Fargo slogan, painted in large red text: "Together we'll go far."

My phone vibrates, so I pull it out. Text from Oggie, "U HEAR ABOUT SHOOTING AT MALL? DRUG/GANG RELATED. A KID WAS SHOT DEAD!!! COPS FOUND DRUGS ON HIM. AND THERE'S A MANHUNT FOR THE FUCKR WHO FLED THE SCENE. AND IF U TAKE A BATH I CAN GET U LAID!!!"

Someone taps my back and says, "Do you like Eminem?"

I pocket my phone and turn around.

In my face is a late-teen girl.

Her smile reveals a gap between her teeth that's big enough to shove gummy bears through. Freckled face sucked in, hair braided back, pink sweatpants pulled to the knees, sockless feet inside white K-Swiss high tops, and a white t-shirt screen-printed with an image of Eminem holding the devil horn sign in front of his head.

"Eminem?" I say, "Yeah, he's cool."

She says, "What's your favorite song?"

"I don't know."

"But if you had to pick one what would it be?"

"I like the one where he raps about the girl stuffed in his trunk."

"Which one? 'Stan' or '97 Bonnie and Clyde'?"

"I don't remember."

She pulls out her Samsung Galaxy and taps the screen, "This one?"

The sound of Eminem rapping through her phone,

Oh, where's mama? She's takin' a little nap in the trunk

Oh, that smell (whew!) da-da musta runned over a skunk."

"That one's good," I say, "but I think it's the other one."

She stops the song and taps the screen, "This one?"

"Shut up bitch! I'm tryin' to talk!

Hey Slim, that's my girlfriend screamin' in the trunk."

"Yeah, that's the one," I say. "I really like it."

"If she suffocates she'll suffer more, and then she'll die too."

No one in the bank shares our enthusiasm for the song. Eminem is making all the customers angry. Some hater dressed in a security outfit approaches the Eminem fan and says, "You can't play that in here. Turn it off or step outside."

She looks at him like he just said, "Fuck 'EM."

The hater holds his walkie-talkie to his mouth and says some coded number bullshit.

I signal the girl, "I'll pay you three dollars to use your phone for three minutes?"

"Sure," she hands over the phone, popcorn-butter-fingerprints smeared across the screen.

I mute the phone, and the hater returns to his guard post or something.

I take out a twenty pesos note and slap it in her hand, "Sorry, it's all I got."

She pockets it and says, "Whateves."

Tapping the phone, I run a Google search: shooting lloyd center mall portland oregon. Tons of news stories pop up, so I click the first one:

Mall Shooting Sparks Looting Frenzy

A gunman opened fire at Lloyd Center Mall at approximately 10:30 a.m. PST. One person is dead, another seriously injured. Panicked shoppers looted mall.

[Update 11:05 a.m.]

The gunman is in police custody. One of the victims is being treated at Oregon State Hospital and is in critical condition, said Multnomah County Sherriff's spokesman, Fred Ladeck. He did not reveal the name of the shooter or victims.

[Update 11:18 a.m.]

Witness Mollie McDonald told KOIN's Bill Bruckly, she was shopping with her grand-baby in Poster Planet when shots rang out. She estimated she heard between ten to twenty shots. That's when frightened shoppers stole store products and fled for safety. "I can't help but think that if one of those bullets hit me in the head, then I'd be dead," she said, then began crying.

[Update 11:24 a.m.]

Multnomah County Sherriff's spokesman, Lt. Fred Ladeck, said it took the force of 120 officers from multiple agencies to subdue the looters and take control of the mall. "Never in my life," he said, "have I seen that many police officers inside a mall."

Ladeck also said the original crime scene was littered with bags of heroin, some of which were found on the deceased victim, a five-year-old Estonian immigrant. His mother is in police custody.

[Update 11:33 a.m.]

A suspect is on the loose. Lt. Ladeck said to be on the lookout for a white male in his early to mid-twenties. He is approximately 5'10", with a thin build, and was last seen wearing a white long-sleeve shirt and a black hat.

"Contact the police hotline," said Ladeck, "if you see or know anyone who fits that description, or if you see anyone who looks suspicious."

Officers are reviewing security footage with hopes of identifying the suspect.

[Update 11:42 a.m.]

Killing Poppy

At approximately 11:30 a.m. the victim being treated at Oregon State Hospital died of internal injuries due to a stab wound—

A bank teller says, "Sir? SIR?"

She waves at me, "I can help you now."

I return the phone and walk to the counter.

The teller's a beautiful heavyset brunette in her late twenties. A pair of large-framed glasses overpowers her heart-shaped face. A thin scar runs like a tear-stream from the corner of her left eye down to her tragus. She flashes a closed-mouth smile, and I look at her name-tag: Stella.

That name, Stella, vacuum-packs my chest.

She's Mai's older sister, Stella.

She looks at me, her eyes, noodles in the hands of a pasta ninja.

"Welcome to Wells Fargo," she says. "How can I be of assistance today?"

She doesn't seem to recognize me, and I don't want her to.

I pull out my pesos and fumble through them, "I need to trade these for American cash."

"I can help you with that," she says. "Do you bank with us?"

I do want her to recognize me, so I place my bankcard on the counter and say, "Yes."

She reaches for my card, the words "Merchant Heir" tattooed in cursive on the inside of her wrist.

She picks it up and eyes it.

Her face flushes pink, hands clench. Her fingers strike the keyboard, and she says, "Mr. Ivey, are you aware your checking account balance is overdrawn?"

I say, "What?"

She slides the card across the counter, "Your account shows a balance of negative forty-nine dollars and eight cents. Your last charge was fourteen dollars and eleven cents from Cinnabon, but you only had ten dollars and three cents in your account. And we have a forty-five dollar overdraft fee. Plus, we charge fifteen dollars every day your balance is in the negative. So, we recommend you pay the balance as soon as possible to avoid additional charges."

"I'll pay it later."

She rolls her eyes, grabs the pesos, and pulls them apart.

"Sorry," I say. "It's just toothpaste."

"Hold on," she thumbs through the bills, "I'm counting."

She places the money in a drawer then types on her keyboard, "Three-thousand five-hundred pesos, which comes out to two-hundred seventy dollars and twenty-seven cents. How would you like that?"

"It don't matter."

She places the money on the counter as she counts it.

I grab the bills and place them, with my bank card, inside my wallet.

"I see you've been with Wells Fargo for three years. Just wanted to thank you for being a customer with us. We appreciate your business. Is there anything else I can assist with today?"

I drop the change in my pocket and grip the brush inside the Ziploc bag.

"Sir, is there anything else I can assist you with?"

I remove the brush from the bag and place them both on the counter.

She looks at the brush's initials and gasps.

Her hands cover her mouth.

I slide over the brush and my track-marks snag her gaze.

I fight the urge to cover my shame.

Instead, I lay my arm on the counter so she can see.

She leans close, and I breathe her fragrance: vanilla, clove, jasmine.

She glides her fingertips, gracefully, across my track-marks: junky braille that tells of a nightmare.

She blinks.

Brown eyes filled with hope, crushed.

She squeezes my arm, pink nails press into my skin.

Her eyes reflect rage, and she whispers, "GET LOST."

I swallow.

She releases her grip and says, "Thank you, sir. And have a nice day."

She picks up the brush, places it inside the Ziploc bag, and puts it in a drawer.

She smiles at the Eminem fan and says, "Miss, I can help you."

I walk toward the exit.

The TV mounted to the wall shows a police sketch of my face.

Subtitles scroll past, but I don't see my name.

Not yet.

I take out my pen and poke the yellow balloon.

—POP—

I push through the doors, step outside, and walk down Hawthorne.

A guy with fingers like spider legs approaches me while sipping a bottle of Robitussin.

He unfolds a torn piece of paper and says, "Sell you this ten-dollar rebate for five bucks."

"I don't want a goddamn rebate, man."

"Well, you can find me in this alley if you change your mind."

"Okay, but I won't change my mind."

"There's something on your face," he says. "It looks like someone stepped on you."

He creeps into the alley, and I wipe my hand across my face.

A kid walks past me while talking on his phone, "How do they expect us to get a job when we know Dick Cheney bombed the towers?"

As I turn onto Southeast 37th Avenue, Jose's white Kia Sorento pulls up.

CHAPTER TWELVE
SE 38th Ave/SE Mill St
12:13 PM (81°F)

Jose drives off as I slip the bundle of Chimy in my bag. Sweat runs down the side of my neck, and I walk past a woman mowing the lawn outside a bungalow-style home for sale. At the edge of the yard stands a giant elm tree, one of many that line the street. The sun shining through the branches creates a kaleidoscope of light and shade on the sidewalk. An orange "WARNING" sign bolted to a nearby street pole says, "NEIGHBORHOOD WATCH PROGRAM IN FORCE." Below the words is the image of the red circle backslash symbol covering a shadow-man hiding behind a black hat.

A First Response Security car turns the corner and drives toward me.

Just act like a normal person.

I pull out my phone and read a text from Oggie, "CHECK OUT PIC OF MY FIANCE." Attached is an image of Oggie with his arm wrapped around a petite blonde woman. It's painful to admit they're a good-looking couple and will probably build a happy family together.

The security guard parks on the side of the road and eyes me through his open window.

"Hey, kid!" he says. "Come here."

I pocket my phone and approach him.

A pair of BluBlockers rest on his face, and he sucks on a candy pacifier.

He says, "Where you coming from?"

"I was at the—I'm going to remain silent."

"Oh, you're gonna be one of those dickheads, huh."

He sticks the candy in a Dutch Bros coffee cup and steps from the car.

His left shoe's fitted with a three-inch lift to balance his uneven leg.

Hobbling over, he aims a can of Mace at my face, "Drop your bag and raise your hands above your head."

The oxygen line to my brain feels cinched.

I drop my bag, raise my hands, and hum Auld Lang Syne.

The officer stands behind me and frisks my body.

I say, "I don't consent to a search."

"That's cute," he says. "Are you carrying any weapons?"

"I have a nail file," (plus a gram of Chimy and a knife with a body on it).

He pats my butt, "What's this?"

He reaches in my pocket, pulls it out, and smells it, "What in God's name."

I say, "That's just a turtle head."

"Eww gross," he drops it. "For Christ's sake, what're you doing with turtle heads in your pocket?"

"I'm not sure," I say. "Maybe for luck, like a rabbit's foot."

"Maybe? You're not sure? Jesus Christ, you loony bastard. Figure it out."

He grabs my bag, unzips the top, and reaches in.

His hand shoots back, "Aghhhh! Why didn't you tell me you had popcorn in there you little dickhead?"

I shrug, "Guess I didn't think it was important."

"You guessed wrong, kid. I can't go near that shit."

"Okay, now I know."

He lowers his shades, "Are you carrying any coupons?"

"No, I don't do coupons. Why?"

"Some lowlife scumbag is passing around counterfeit coupons. If someone tries to sell you coupons give me a call."

He hands me his business card.

"Am I free to go, officer?"

"Yeah, why not."

The sound of the running lawnmower stops.

I pick up my bag, grab the turtle head off the street and pocket it.

"I almost forgot," he says. "Have you seen this man?"

He holds up a police sketch of my face.

I scratch my armpits, "I just saw him on TV at the bank."

"You may want to take off that hat." He says, "Don't want to be mistaken for The Slayer."

The word, slayer, hits with the impact of a gavel . . . guilty.

My hands slip into my front pockets, "The Slayer?"

"The Ice Rink Slayer." He pats my shoulder, "You should wear sunscreen out here—have a nice day."

I remove my hat and place it in my bag.

He gets back in his car and drives off.

Breaking into a speed-walk, I turn onto Southeast Mill Street, and head for my car a few houses down.

Salo sits on the curb behind my car.

He whistles and pets a gray-haired Burmese cat.

Dropping my bag, I sit next to Salo and hand him the rent-a-cop's business card.

He tosses the card over his back, "Fuck that noise—you met Peter the Friendly Cat?"

The cat purrs as his back curls along Salo's touch.

"They think I'm The Ice Rink Slayer."

"Relax," he says, "I got egg rolls."

A bag of Chinese food lies beside his foot.

"You think my parents will recognize the sketch of my face on TV?"

He says, "Hope you're cool with sweet and sour pork."

My gut tremors and I double over.

Bitter fluid floods my mouth, and I puke onto my Reebok Pumps.

I wipe my mouth with the back of my hand, "My hair aches. Goddamn, I miss Poppy."

Salo pulls the gun from his bag and slides in the magazine, "A dead bird can't sing."

A nearby wind chime ripples through the air.

I use a leaf to scrape the puke off my shoes and say, "Do you have any Tums?"

"Nope," he says. "Terry's lactose intolerant."

My phone vibrates, so I pull it out.

Text from Oggie: "I SENT U WRONG PIC. THAT BLONDE WAS JUST SOME DUMB BITCH I BANGED. HERE'S PIC

OF MY FIANCE. SHE'S NOT NEARLY AS HOT BUT SHE'S LOADED!!!"

Salo taps the gun against my shoulder, "Desert Eagle. Forty-four Magnum."

"Nice Rolex," I say. "Is that Oggie's watch?"

A car drives by.

I grab the gun and place it in my bag.

Peter the Friendly Cat purrs.

Wokeface

CHAPTER THIRTEEN
Lone Fir Pioneer Cemetery
12:35 PM (82°F)

Salo rides shotgun and pets the cat in his lap. I drive on the narrow road which winds through the thirty-acre tree-covered graveyard. I feel like a child stepping into Enchanted Forest. Instead of the Big Timber Log Ride, there are statues, and crosses, and rounded tombstones laser-etched with portraits of the deceased. It's really neat, but many stones are knocked over and broken. Chunks of granite and flowers lay scattered about.

I say, "It looks like someone took a sledgehammer to this place."

"Damn drunks. No respect for the dead—Hey, park near that," Salo points to a moss-covered stone mausoleum that looks like an old church.

I park under a tree on the side of the road.

I say, "Looks like we're the only ones here."

"Jesus," says Salo, "your breath smells like shit."

He opens the passenger door, and the cat leaps from the car.

I give myself the cupped-hand breath test and say, "You don't have to be a jerk about it."

"Don't be a little bitch."

We grab our bags and the Chinese food, then exit the car.

We take a seat on a memorial bench facing the mausoleum.

Setting my bag on the grass, I pick up a chunk of a gravestone the size of a brick.

I hand it to Salo and say, "I wonder whose grave this came from."

He says, "It's a piece of Charity Lamb's headstone."

He chucks it at the mausoleum.

It hits the building and shatters.

"Sweet name," I remove my shoes and socks.

Salo hands me a Chinese food to-go box with chopsticks and says, "Charity Lamb, she butchered her husband to death with a goddamn axe."

I rub my chopsticks together, "That's cool."

A rat scurries up to the cat, who's eyeing my food.

I toss a couple pieces of pork to the ground, and the cat and rat eat together as friends.

I grab a fortune cookie from the bag and hand it to Salo.

He drops it to the ground and steps on it.

I say, "I didn't go to Mai's funeral. Her family held me responsible for her death—I don't even know where she's buried. Maybe here. I think she was cremated though."

Salo digs his chopsticks into the box and shovels the food into his mouth.

He says, "But you are responsible. She'd still be alive had she never met you."

I crack open a fortune cookie and read it: "The man on the top of the mountain did not fall there unless he fell from a plane."

I turn the fortune into litter and eat the cookie.

And I say, "What?"

He says, "This cemetery is Portland's second largest arboretum, and has over five hundred trees representing sixty-seven species. And there are over twenty-five thousand people buried here."

My armpits burn, and I need Advil.

"I don't give a shit about trees or dead people. And you're right. Mai's death was my fault."

He rests his arm on my back. "Relax. Everything'll work out."

A helicopter flies by.

I grab a handful of rice, mush it into a ball, and lob it towards the cat.

"Back at the well," I say, "what'd you wish for?"

"If wishes were horses," he says, "we'd all take a ride."

"The fuck does that mean?"

He talks with a mouthful of food. "You should torture Poppy since she tortured you."

He picks up an egg roll.

I grab the gun from my bag and stick the muzzle to his temple.

He drops the egg roll, "That was cute when the gun wasn't loaded."

"You're nothing but a sick old man preying on the weak—I got an idea. Let's relish this grave with angel brains."

"Relax." He pinches my nose, "I'm just trying to keep my job."

The Band-Aid on my cut palm peels off, and I set the gun on the bench opposite Salo.

I say, "Who is Poppy?"

"Like I said, Poppy's your addiction manifest as human. You just need to relax and kill her. It's that simple."

I replace the Band-Aid. "Alright. So how should I kill her?"

"Stomp her face in with your Reeboks—I don't fuckin' care. Be creative."

A breeze chills my face, and a red-headed woodpecker lands on the fence surrounding the mausoleum.

The feel of a wet nose tickles my toes.

I look down at a dozen rats surrounding my feet.

They squeak, and I imagine how gross it'd be if I had to suck on their tails.

I chuck a handful of pork and the cat and rats race for it.

"So where's Poppy?"

"She'll arrive," he says, "as soon as I finish my egg-roll."

"I'm gonna be so pissed if I kill this bitch and I'm still dopesick."

"As soon as you complete the mission I'll text you from an unknown number. Immediately after, your withdrawals will melt away."

I point to his mouth and say, "Your lip's swollen."

He picks up his egg roll and takes a bite.

I wipe my hands with a napkin then take out my pen and notepad.

I write:

Poppy,
My sacrament
Melting in my spoon
Bitter scent boiled into steam . . .
prayers of junky saints

"Can you spare some change?"

Needle exchange
Siphoned gas
Farmed butts
Burnt foil
Scab
Scar
ER
OC
OD
RIP
STD
Hep C
PTSD
Class C
felony
Overdraft fee
Group therapy
"God, grant me the serenity"

Recovery
Relapse
Prolapse
Rejection
Injection
Infection
Sneeze
Snot
Rot
"My name's Gust and I'm an addict."

And I was proud to introduce you to Mai
Three years later,
you choked her on the floor
Punctured arms,
cold blue touch,
silent heart

Teeth dig into my foot, and I scream, "Ahhhhh!"

A sharp pain shoots up my leg.

I kick.

A rat scuttles off.

My toes tingle.

Salo bags up the Chinese food. "You alright?"

"Bastard bit me," I say. "Probably has rabies."

He says, "Let me see."

I raise my foot. "It stings."

He tears open a packet of soy sauce and squirts it onto the bite, "That'll take care of it."

I dry my foot with a napkin and put on my socks and shoes.

A Toyota Camry pulls up and parks near a vandalized grave fifty meters away.

Salo grabs my notepad and flips it to the first page.

He takes my pen and crosses out the word, Goodbye.

He replaces it with the word *Killing*.

Killing Poppy.

He pulls a green lockbox from his bag then sets it on my notepad and says, "A gift."

I pick it up and shake it. "Where's the key?"

He says, "Kill Poppy and the key will appear."

He flings his bag over his back and picks up Peter the Friendly Cat.

Stepping from the Camry is a lady carrying a bouquet of poppies.

She hurries to the grave and drops to her knees.

Laying down the flowers, she begins picking up pieces of the gravestone.

I look at Salo, then back at the woman, then back at Salo.

"What the fuck?" I say. "That's Stella. She must be on her lunch break."

Salo snaps the cat's neck and tosses him on a grave.

"No, Gust," he says. "That's Poppy."

He sticks a piece of gum in his mouth and begins walking away, "Godspeed."

I say, "SALO?"

He looks back and says, "Gust. Hop in."

He turns and walks off.

The woodpecker hammers a nearby tree.

The rats sink their teeth into the dead cat and rip it apart.

A couple of wolves howl somewhere many buried bodies away.

I reach in my bag and grab the Taser.

My gaze shifts to Poppy.

I pump my Reebok Pumps.

Sincanvas

CHAPTER FOURTEEN
Northeast Portland
2:39 PM (86 °F)

I park on the backside of a warehouse on Northeast 3rd Ave, a five-minute walk to the Catholic Church. The yellow-flowered Linden trees lining the sidewalk toss shade on the whole block, which is empty except for my car. The road's connected to a busy intersection, but it feels like a tunnel closed off from the rest of the city: a good spot to do something that needs to be unseen.

I exit my car and grab my backpack.

A breeze rustles green leaves, filling the air with the fragrance of honey and lemon peel. I inhale and stretch my hands toward the contrails streaked across the blue sky. Such beautiful summers in the Pacific Northwest. And I smile. But then I pop my trunk, and the stench of chopped up body parts totally kills my vibe. And the splattered blood makes me regret not using a tarp and buckets. The black garbage bag (full of goat head and Poppy) rests on the floorboard, and I imagine sling-shooting it into space.

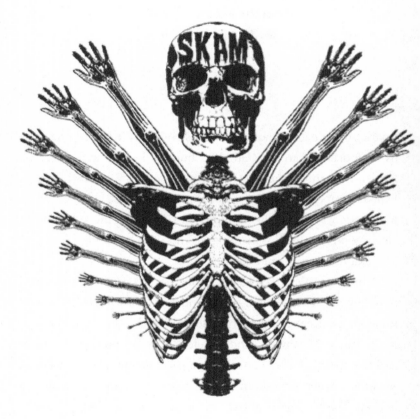

Skam

My fingers punch through the bag as I try to lift it over my back. The fucker weighs about one-fifty, heavy enough to bust through the plastic. Realistically, each bag probably can't hold more than the weight of a human torso. The whole idea of disposing of all these body parts in one trip was just plain silly. Overconfidence definitely muddled my judgment when I hacked and bagged up Poppy.

I slide on plastic gloves and reach in the bag. I slip off Poppy's watch and strap it to my wrist. I place the arms and legs in a separate bag, and Poppy's head and the goat head in a third bag.

"Excuse me, sir?"

I look up at a lady pushing a baby stroller on the sidewalk across the street. She smiles at me and waves. Her shorts are hiked high and a fanny-pack wraps around her pouched stomach.

"Yeah." I snap off the gloves, toss them on a bag, and slam the trunk.

She says, "Do you know how to get to Burgerville?"

"Yeah," I point down the street, "go left on Multnomah and it's on the right."

"Thanks," she says. "Do you know if they're still carrying the chocolate hazelnut milkshake?"

"Yeah, they are."

"Phew," she says. "Oh, would you mind taking a picture of my grandchild and me?"

"Sure," I cross the street and approach her.

She shows me her Samsung GT, points to the screen and says, "Just press that. And take a whole bunch."

"Easy enough."

"Oh goodie." She picks up the baby and holds it to her face like a Mai Tai.

My trigger finger goes wild: snap snap snap, and I say, "These are gonna turn out great."

She says, "I'm so excited to see them."

She strikes different poses, and I take a few more cool shots, including a panoramic one that perfectly captures the beautiful foliage. And I wonder what weighs more: that baby or the two heads in my trunk.

"I like babies," I say. "Can I try holding?"

She says, "Of course."

I trade phone for baby.

Skam

I cradle the baby in my arms, "Is this how you do it?"

"Don't be nervous," she smiles. "You're doing fine."

"What's her name?"

"Erin. Erin Rose McDonald."

Erin's lips slobber into a motor sound.

And I giggle.

A spit bubble forms on her lips.

The bubble grows and detaches into the air.

A gust lifts the bubble high, and I look up, "Goodbye, Mai."

The bubble bursts into the sunlight.

"Excuse, me?" she says.

"Erin Rose is a beautiful name."

"Thanks," she says. "My daughter named her after her favorite New Orleans bar."

I hand over the baby, and she sticks her in the stroller.

I say, "Hey, do you mind if I check my email on your phone?"

"Not at all," she hands it to me. "But make it quick. I'm meeting my daughter in a few minutes."

"One minute." I Google my name. Tons of news articles pop up, so I click the first one:

Vagrant Fugitive Wanted for Murder

[Image of me holding a Slurpee beside Salo in 7-Eleven]

J Gust Ivey "The Ice Rink Slayer" is sought on a murder charge after Oregon authorities identified the twenty-five year old as the assailant in a fatal attack at Lloyd Center Mall earlier today.

Security footage at the scene captured Ivey as he slid barefoot across the ice rink then stabbed an off-duty police officer. The officer succumbed to the wounds. The suspect fled, with an unidentified man, in a black Chevy Malibu with OR license plate 997 EYK.

The fugitive was last seen exchanging money at the Wells Fargo bank on Southeast Hawthorne Blvd. He was wearing a black hat and a black Superman logo t-shirt. Multnomah County Sherriff's spokesman, Fred Ladeck said Ivey may be, "Armed and barefoot."

Anyone with information is asked to contact the Portland Police department at—

—VER VER VER—

The phone vibrates, and I say, "You're getting a call from a Suzy McDonald."

"That's my daughter," she says. "I gotta take it."

I close the internet and hand her the phone.

We both say "Thanks," and she answers the phone and strolls off.

She dropped a Poster Planet bag carrying a poster.

After picking up the bag, I walk to my Chevy and turn my shirt inside-out.

I open my trunk and place the poster inside the garbage bag with the two heads.

I tie the bag and sling it over my back.

As I walk to the church, I try to focus on being in the present. It's the mindset I aim for in sobriety.

I approach the rear end of the church. Cars fill the parking lot. An old Honda Civic driver door opens. Out steps a pregnant woman with a nicotine patch stuck to her neck. She's greeted by a skinny woman cradling a Big Gulp. The woman drops the Big Gulp and hugs her. Neither of them looks dressed for mass.

They don't pay me any attention, so I walk to the well and slide under the tape. I look down. The scent of earth rises from the dark, and I imagine how hard it would suck if I fell. As I lift the plastic bag to the mouth of the well, some hater says, "You're gonna get in trouble."

A man dressed in running gear smokes a cigarette and steps to me.

"Sorry," I duck back under the tape, with the garbage bag.

He stretches his shoulder, "This your first time here?"

"To church?"

"You're here for the NA meeting, right?"

"Uh . . . yeah."

He takes a drag and extends his hand, "I'm Howie, nice to meet you."

I shake his hand, "I'm Gu—Dave."

"Sorry for the sweaty hand," he says. "I just ran a 5K."

I say, "It's cool—"

"So how long you been clean, Dave?"

"It's my first day clea—"

"You're lucky. I detoxed behind bars."

"Sounds rough—"

"It was a nightmare. What you're going through is nothing compared to what I went through. Fortunately, I'm optimistic. Cops chose my clean date, but I'll keep it," he flicks the butt into the well and wraps his arm around me. "Let's go in and grab you a seat, bud. You said your name was Dan, right?"

"Dave."

"Oh, like Dave and Buster's, huh?"

"Yeah, like that but without Buster."

He leads me and the two rotting heads into the church.

Skam

CHAPTER FIFTEEN
Narcotics Anonymous candlelight meeting:
Saint John the Baptist Church basement
3:42 PM (78°F)

I sit on a metal fold-up chair in a back row and sip warm water from a Styrofoam cup. The room's dark except for a few lit candles, and the sunlight sneaking under the back door, down the stairs, and into the basement where I sit with forty other addicts. It's too dark to see the detail in their faces, but they all exude the same air of desperation that got them here.

After announcing sobriety birthdays, handing out milestone key-tags, and reading the twelve steps, the chairperson shares his story for twenty minutes. It's a story about meth, probation, and how he's trying to get back his kids. The share doesn't have much to do with recovery, but it makes me feel grateful for not diving into meth.

The chairperson makes 'hope' the topic of the meeting and begins calling on people to share for five minutes or less. After a few shares, he picks Cheryl, the pregnant woman.

Cheryl: "So a few hours ago my brother-in-law was stabbed to death in the mall. I'm sure you all heard about that. It's been all over the news. Since then, I've been dodging phone calls from people offering support. I felt like my head was gonna blow up, so I hopped in my car and drove straight to this meeting. Right when I got here—some of you who'd heard about it—ran over and hugged me. You all have been so kind and supportive. It means so much to me—but everyone needs to know that my brother-in-law was a drunk wife-beatin' piece of shit. I hate him. The world's a far better place with him burning in hell."

She starts crying, "I'm just so grateful he's dead. Now my sister's safe. She doesn't have to worry about getting her face smashed into the kitchen wall night-after-night. I've been praying for years that God would wipe him out in the most painful way possible. It never happened, and things were only getting worse. I considered poisoning him, but I didn't want to go to prison. I lost faith in God, but I just kept praying, hoping that he'd die of bone cancer or that someone would run over him with a truck. Fortunately, my HP was listening. So as soon as that piece of shit died, I rededicated my life to Christ. This gives me hope. And now I have hope in my sister's future too. What's super-cool is I believe this happened because I was sober and prayed. If I'd still been hittin' the pipe, there's no way I'd have ever prayed any of that shit—"

Some man in front of me turns back and says, "Here's your tag."

He hands me the "Just For Today" key-tag after everyone rubbed their positive energy into it.

My thumb glides across the white guitar pic-shaped plastic—maybe I should torch my car.

The woman sharing finishes and the chairperson says,

"Thanks, Cheryl. How about—let's hear from Dave."

A guy standing behind me pats my back. "Go on, Dave."

I set my cup on the floor beside my backpack and garbage bag.

And I say, "My name's Dave, and I'm an addict."

All the addicts say, "Hello, Dave," or "Welcome home," or "Glad you're here."

I say, "Thanks for telling your story, Cheryl. I'm happy for you and am relieved that your brother-in-law was a shit-head. I mean it'd be horrible if he was a good person and got killed. But since he wasn't, it's great news. So congratulations—anyhow, today's my first day clean."

All the addicts clap.

"I guess you could say it's been a little crazy."

Addicts laugh.

"Last night—actually it was early this morning—I overdosed. It was nothing but black, casket-shut black. Then a stranger saved me and I— I'm still experiencing withdrawals right now. Aside from that—and a few setbacks—sobriety has been great. I've already done things I never imagined were possible. Things I never did when I was loaded. It's like nothing's holding me back. I'm no longer controlled by the fear that used to cripple me. I've made new friends, and I've said goodbye to others—I held a baby for the first time. It's like I've been given a new life. Of course, I've already made a few mistakes. And I'll probably make more. But that's okay. As long as that mistake isn't using."

Some guy says, "A day clean is a day won."

Someone else says, "NO CROSS-TALKING."

"It's okay," I say. "I love that saying. I know its cliché, but it's true. I've been clean now for like six hours, and I am so winning."

Addicts laugh.

"Maybe not so winning. But as long as I don't use, today will be chalked up as a win."

Someone says, "Amen."

Someone else says, "NO CROSS-TALKING."

"It's cool," I say. "I'm just gonna keep doing the next right thing. That's all I got."

Someone says, "Keep coming back."

I attach my keys to the key-tag, and the chairperson says, "Thanks, Dave. How about Bruce, with two years."

A man at the far end of the room, says, "My name's Bruce, and I'm an alcoholic."

Addicts say, "Hello, Bruce."

BRUCE: "Sorry for being late. I'll have to grab my coin after the meeting. Whatever—I remember when I first got clean. I didn't know what the hell I was talking about. I was full of shit for the first year. But at least I didn't drink. That's all that matters. That and waking up and hittin' your knees and praying. That's something my sponsor taught me before he blew out his goddamn brains. So every morning I wake up and hit my knees. That's kept me clean more than anything. As far as hope goes, I don't know—I guess hope gets me by. Hope for a better today. Hope that this headache goes away. Hope that I win the Powerball. Hope that a chick with a house falls in love with me. Hope that motherfucker who robbed me this morning chokes on a goddamn apple core. Fucker pointed a gun in my face and stole my sneakers right off my back. I would've gutted that lil' bitch if it weren't for the gun. It was no way to start a birthday—"

I remove my Reebok Pumps and tie them together.

I slip into my backpack, grab the garbage bag, and walk toward the far end of the room.

Blink-Blink says, "He would've asked for the shoes if he wasn't such a fuckin' pussy."

I walk beside him, lean in and whisper, "Don't be a poor loser."

He stops talking.

I place the Reeboks over his neck and grip the nail file in my pocket.

He looks at me and says, "What the—"

I jam the file into his thigh like a G.

"HAAAAHHHHHHHHRRRRRRRR!" he screams.

Addicts panic and the room lights switch on.

Some woman shrieks, "Oh my God, he stabbed him!"

Blink-Blink pulls the file from his leg, "MAHHRRRRRRR!"

A gray-haired man grabs my shoulder and says, "Don't move, buster."

I smash his nose with my elbow and run up the exit stairs.

Addicts yell, "Stop him!" and "Call the cops!" and "Chase him!"

Bursting out the door, I step outside.

The sunlight slices my mind, and I squint.

A lady watches her dog poop on the church's lawn and Coca-Cola Classic truck drives by.

I cross the street and run for my car a few blocks away.

A couple skateboard past me while throwing POP-ITS. They stop near the end of Northeast 3rd Ave, which is blocked off with flashing cop cars. The skaters pull out their phones and record as the cops tear apart my car.

I look back and see a couple addicts approaching.

"There he is!" yells Howie. "Get him!"

CHAPTER SIXTEEN
Parking Lot
3:56 PM (92 °F)

The two bagged heads feel heavier than that baby. My bare-feet slap hot pavement as I sprint through traffic jamming up Northeast Weidler. Exhaust sticks to my body and the revving engines make me dizzy. A motorcycle splits between cars. One car horn triggers a domino effect and they all HONK HONK HONK. Someone yells my name. The taste of salt drips onto my lip and I cut into a parking lot. I look back to see if I shook the addicts.

I run into someone.

—SCHMACK—

Jarred back, I catch my fall and look around.

The guy I hit stumbles and picks up the clipboard I knocked from his grip.

He adjusts his Aztec snapback and I say, "Sorry, didn't see you."

"It's all good," he strokes his rattails. "Actually, stoked you ran into me. I'm just going around talking to people about animals. So how about you—do you love animals?"

"Yeah, animals are the shit—I gotta go."

"I gotcha," he folds back a page on his clipboard. "But check out this."

He flashes a pic of a goat chained by its feet and hanging upside-down, its throat slit past the gut, intestines spilling out.

"What do you think of that?" he says.

"Lame shit," I say. "But I don't have time right now."

"Okay, but real quick. For the cost of thirty cups of coffee—that's just one a day for a month—you can adopt a kid goat. How'd that feel? Pretty good, huh?"

In my face he shoves a pic of a white kid in mid-prance over green grass.

"You'd be rescuing him or her from a slaughter house. Give the kid a shot at a life. And we'll send you monthly updates on how it's doing and you get to choose its name. How cool is that?"

"WHAAAAAA," cries a kid, "WHAAA WHAAAAAA."

I look around and spot a child locked in a parked red BMW. All the car's windows are rolled up and the little boy—probably six or seven—is strapped to a car seat and drenched in sweat.

"Oh, I forgot," says the canvasser. "Did you say you wanted to adopt a baby boy or a baby girl?"

"I didn't say either motherfucker."

He flinches and I spot a few addicts approaching a couple blocks away.

I remove Bambi's collar from my wrist and hand it to the canvasser.

Then I dash up to the BMW and shatter the driver's-side window with my goddamn fist.

Glass crumbles and the kid gasps and the canvasser says, "The heck are you doing?"

"Saving children," I say. "Saving goddamn children."

"WHOA," he points to the boy, "that kid's cooked."

"Call for help." I take off and dip into Starbucks

CHAPTER SEVENTEEN
Starbucks
4:00 PM (68 °F)

Fuck yeah, it smells like banana bread up in this bitch. Three Starbucks employees huddle behind the counter and laugh over a phone screen. A chubby kid sits at a table, his face tucked behind a book titled, "Jared, the Subway Guy: Winning through Losing: 13 Lessons for Turning Your Life Around." The hidden speakers play the song Cayucas by Cayucas.

I take a seat on a sofa chair and decide to chew the bubblegum Salo gave me.

I toss it in my mouth and try to blow bubbles, but I'm not very good at it.

But the root beer flavor is really nice.

After what seems like ten minutes, a female employee spots me and says, "Is there anything I can help you with?"

"Sure." I get up and walk to the counter. It's cluttered with CD's, gift cards, and five-buck lollipops.

The employee says, "You look like you could use one of our new Cinnamon Roll Frappuccino's?"

Her feather earrings dangle below her side-shave haircut.

Sirens scream outside.

I say, "Can I just use your restroom?"

"Sorry, it's only for paying customers. Would you like to hear more about our new Cinnamon Roll Frappuccino?"

"Sure, why not."

"So, its cinnamon dolce syrup blended with coffee, white chocolate mocha sauce and vanilla bean, topped with whipped cream and a cinnamon dolce sprinkle."

I say, "Fuck it. I'll take a Venti."

She turns to a barista and says some shit then faces me and says, "That'll be four ninety-five."

I drop the garbage bag, take a ten from my wallet and hand it to her.

She makes a change.

Two identical twin male cops enter and stand in line behind me. They both looked jack-up on creatine, and one snaps his finger like he's packing a can of chew. Their walkie-talkies beep and they're rappin' about how big of a pussy Aaron Hernandez is.

The cashier hands me my change.

I drop a buck in the tip jar, grab my bag, and take a seat in the corner.

Turning away from the cops, I pick off tiny stones wedged into the sole of my feet.

The cops order smoothies and then,

Cashier: "Yeah, we heard the sirens. What's going on?"

Twin Cop One: "Someone left a child in a parked car. Fortunately, some brave soul smashed the car window and called for help. The hero is outside right now talking to a news crew. Also, we found The Ice Rink Slayer's abandoned car with a headless body in the trunk, but we can't go into detail."

Cashier: "Thank God for heroes. And I hope you catch the Ice Rink Slayer."

Twin Cop Two: "Oh, we're hot on his trail."

The cops knock fists, and I change my mind about the new Cinnamon Roll Frappuccino, so I walk toward the exit.

A few addicts search for me outside the Walgreens across the street.

"HEY," says one of the cops.

I turn back, and Twin Cop One says, "You forgot your drink."

He picks up my frap from the counter.

A static voice from the cop's walkie-talkie says something about a stabbing at St John The Baptist Church.

I walk up to the cop, grab my coffee, and say, "Thanks."

He looks at my feet and says, "You can't be in here without shoes." He signals the barista, "Right? No shoes, no service, right? That's the rule, right? Tell him."

"Oh, I didn't see that," she says. "Unfortunately, sir, you'll have to drink that outside."

I say, "My shoes are in my bag. If it's cool, I'll put them on in the restroom?"

Twin Cop Two looks at me and says, "Your shirt's inside out."

The barista says, "The password's ten twenty-four."

The cops grab their smoothies from the counter and exit the shop.

I walk to the bathroom, punch in the code, and enter.

CHAPTER EIGHTEEN
Starbucks Bathroom
4:09 PM (68 °F)

After locking the door, I set my drink and bags on the floor. It smells like Pine Sol with an undertone of turd—Starbucks provides very hygienic bathrooms to shoot dope. But to stay clean, I must attach new memories to familiar places. So I tear open the garbage bag, remove the poster and unroll it. It's a picture of Michael Jordan flying through the air about to slam dunk a basketball. I use my bubble gum to stick the poster to the wall above the toilet.

I reach in my back pocket and pull out the albino turtle head. My fingers sink into it like Play-Doh, and I form it back into the shape of a head. I place it on the diaper changing table. Then I remove the goat head and Poppy's head from the garbage bag, set them beside the turtle head, and adjust them all, so they face me.

It's cool because the sun creeps through a cracked skylight and the rays slant over the heads like a spotlight blasting a stage.

I take out my phone and snap a pic because why the fuck not—just wish I had someone to send it to.

I set my phone on the soap dispenser and wash my hands because I don't wanna get germs on my penis.

Then I go pee.

I grab the lockbox from my backpack and the key from my pocket. The key fits in the box, so I pop it open. It's filled with dirt. Brown powdered dirt. I dump it onto the floor. Lying among the soil is a tiny ring box secured with a bow. I pick it up, take off the ribbon, and remove the top. Pillowed on white cotton is a large yellow capsule. I toss it in my mouth and wash it down with my coffee because I don't need to stay clean to win.

—KNOCK KNOCK KNOCK—

Pounding on the bathroom door.

"Yeah, hold on," I say. "I'm going number two."

The door's plastered with a bumper sticker: "SAVE THE PLANET KILL YOURSELF." Below the text is an image of a man in a suit blowing out his brains with a gun, the blood splattered into the word "SKAM."

I grab the gun and stick the steel barrel between my teeth because it's the perfect fit.

My eyes close and my index finger taps the trigger as I recite a verse:

The bullet's the sword severing my life to protect my honor as a samurai warrior.

— tap tap tap—

The bullet's the sword severing my life to protect my honor as a samurai warrior.

— tap tap tap—

The bullet's the sword severing my life to protect my honor as a samurai warrior.

Skam

—VERR VERR VERR—

My phone vibrates off the soap dispenser and falls to the floor.

Sliding the gun from my mouth, I pick up my phone and check it.

Text from an unknown number.

I read it: "I called the cops on you. You're fucked. – Stella."

I pocket my phone and swallow.

Closing my eyes, I take a deep breath.

—tap—

Something like a bug taps the skylight.

Opening my eyes, I place the gun under my belt.

I remove my shirt, toss it in the bin, and look under my arms: rash cleared.

—VERR VERR VERR—

I grab my phone.

Text from Oggie: "UR FAMOUS. I MADE U A FACEBOOK FAN PAGE AND U ALREADY HAVE 5,000 LIKES. THAT VIDEO WHERE U BEHEAD THE GOAT IT'S FUCKING SICK. SHIT'S GONE VIRAL. DIDN'T KNOW U PARTIED LIKE THAT. WHEN U GO TO PRISON WE SHOULD BE PEN PALS!"

I consider sending him the pic of my art project, but he'd sell it. Instead, I take a pic of the watch on my wrist and text it with a message: "Thanks for the fake Rolex."

I pocket my phone and snatch the blade from my bag.

Gripping the handle, I dig the knife into the door below the sticker and carve: "SAVE YOURSELF KILL YOUR SAVIOR."

I drop the knife in the trash can.

I grab Poppy's tweed ivy cap from the garbage bag and set it on his head.

I plaster a bacon Band-Aid over his swollen lips.

I pinch his nose.

—KNOCK KNOCK KNOCK—

"Police! Open up!"

I pick up my NA key-tag and rub it.

"A day clean," I laugh, "is just a day."

—KNOCK KNOCK KNOCK—

"Police! Open up!"

The door rattles so I unlock it.

The door swings open.

I raise my hands and say, "I surrender."

He busts in and yanks the gun from my pants.

He sticks the muzzle into my stomach and fires.

—CRAK CRAK CRAK—

BLACK RED BLACK RED BLACK RED is all I see.

The odor of torched flesh fills my head.

The floor hits my back.

My hands clutch the holes as my life drains out hot.

He slides the fake Rolex off my wrist.

My scream is void of voice.

Leaning over my face, he shouts, his words brush my ears like a whisper, "From my ma."

He wipes the gun and tosses it to the floor.

The outline of his head blurs into the air, and he walks out.

Printed on the back of his jacket is the word, "FILA."

FILA, the slingshot motherfucker from the methadone clinic.

He slams the door behind him.

My insides burn, but the pain fades into a high-pitched hum.

The taste of hot copper spurts up my throat, and I hack blood. I leak onto the floor. A knot rises up my chest, and I cough a yellow sponge-like clump onto my sternum. The gelatin casing dissolved off the capsule and the remains expand on my chest like an inflatable balloon. It unravels into a giraffe the size of a mouse. It's one of those neat Magic Animal Growing Capsules they sell at Dave's Killer Magic Shop. One time Mai gave me a handful and told me they were pharmacy-made Hydrocodone's so I ate 'em. The capsules didn't get me high, but they did make me shit animals.

The yellow giraffe stands and stretches like it just awoke from a nap. He shakes off some of my red mucus, extends his neck toward me and a long tongue slides from his mouth. He licks my face. The feel of moist warm sandpaper against my nose.

I giggle blood onto the dirt beside me.

The giraffe leans back on his hind legs, leaps high, and moves up through the air like a Lock Ness swimming through water.

He lands on the cracked skylight and looks at me.

I gurgle, "I can't help you, little buddy."

The giraffe flies off the glass and onto my bare foot.

I wiggle my toes.

Poor fella is stuck here with me.

I grab the gun, aim for the skylight, and pull the trigger.

Click.

Click, but no bang.

—REER REER REER REER REER REER REER—

Sirens outside.

Darkness frames my vision.

I drop the gun and shiver.

Reaching in my backpack, I pull out the bottle of WONDER BUBBLES.

I remove the wand and puff into the loop.

Blood gushes onto my chin, spewing bubbles into the air.

A loud voice through a bullhorn, "J GUST IVEY! THIS IS THE POLICE. WE KNOW YOU'RE IN THERE. COME OUT WITH YOUR HANDS UP. YOU'VE GOT TEN SECONDS THEN WE'RE COMING IN."

Rainbow-colored bubbles float above.

I hum . . .

A bubble hits the skylight.

The skylight shatters.

Glass rains on me.

The giraffe flies through the ceiling and toward the heavens.

The world melts black.

And I smile.

Sincanvas

The illustrations used in this book are by the following
Portland street artists:

Skam @skamsticker

Wokeface @wokeface // wokeface.com

Crace @thatshitscrace

Sincanvas @sincanvas

William Perk is a recovering heroin addict who grew up outside of Portland, OR. After catching scabies at Hooper Detox and being diagnosed Bipolar 1, he began to funnel his insanity into a satirical performance art project called Save Portland From Hell. William taught English in Thailand and currently resides in Portland. This is his first book.

Made in the USA
Monee, IL
20 September 2020

42932368R00090

Jacqueli

Alma
MA
GEN
TA

PUBLICACIONES
AMARES

Alma Magenta, 2022
© Jacqueline Vélez Méndez
©Publicaciones Amares

ISBN: 979-8-8196-1535-5

Edición: Doris E. Lugo Ramírez, PhD
Lecturas previas: Sonia L. Lugo Ramírez, MCL, MPA y
Shirley M. Silva Cabrera RPT, FT®, PhD
Diseño y producción: ZOOMideal
Director de arte: Juan Carlos Torres Cartagena
Director de producción: Arturo Morales Ramos

Los puntos de vista, aprendizajes o recomendaciones
contenidos en este libro surgen de la experiencia personal
de la autora y no pretenden ser una guía para el duelo ni
sustituir la terapia profesional.

Impreso en Estados Unidos

ÍNDICE

DEDICATORIAS

A ti Natasha Maisonet Vélez,

hija amada, por compartir conmigo tu alma

optimista, espontánea, y valiente.

Por expandir hacia todos los que te amamos tu

vibración de cambio y transformación.

A Joel A. "JoJo" Pérez Cabrera por ser un ejemplo
digno de lo que es la amistad,
por amar tanto a Natasha y tener su recuerdo vivo. Eres
parte de mí y de mi familia.
Tus padres deben estar tan orgullosos del ser humano
que han criado. Sé que Naty vela por ti.

PRÓLOGO

Shirley M. Silva Cabrera RPT, FT®, PhD

Fellow in Thanatology – Death, Dying and Bereavement®

*A*lma *Magenta* es un atinado y hermoso título para este libro, porque es la metáfora vibrante de la energía distintiva, el carácter y la personalidad de la hija amada que descubrimos en este texto. Pudiéramos aseverar que esta emulaba cualidades del color magenta en su experiencia de vida, en los rasgos de su personalidad, y en la manera mágica de tratar a los suyos. Una alegría permeaba en la atmósfera ante su llegada. La muerte de Natasha revistió, con la simbología de este color, el corazón y mente de su madre y de todos quienes la aman. Sí, se puede decir que ella personificaba un alma magenta y así es como los suyos la continúan contemplando después de su inesperada partida. Natasha murió en el 2013, a los 19 años.

Este escrito anecdótico es representativo del dolor de una madre en busca de respuestas que le pudieran viabilizar su restitución en la vida después de la pérdida devastadora de su hija mayor. Jacqueline se permite envolver por el océano del dolor — uno de sus tesoros ha desaparecido de manera inesperada y ella escribe su lamento a través de distintas ondulaciones contenedoras de una aflicción entretejida con lágrimas de esperanza —. Luego de navegar por diferentes mares del reconocimiento, de la reacción a la pérdida y del retroceder, a veces, hacia alguno de ellos, descubre que a pesar de ésto y si se lo propone, puede llegar a un puerto de seguridad. Allí podría anclar el navío de su alma sintiéndose en control de su vida, de su tiempo, de sus experiencias y aunque aún pueda doler. Así fue.

Nunca olvidará ni dejará de amar a Natasha. Para esto no hay que dejar de vivir o evolucionar. Su duelo podrá ser manifestado o resurgir temporeramente de diferentes maneras o grados, como una experiencia muy particular y personal. No obstante, por el mismo amor trascendente compartido con Natasha y en nombre de este amor, Jacqueline muestra cómo va descubriendo la posibilidad de reinvertir en vivencias que otorgan satisfacciones y alegrías tanto para ella, los suyos y otras personas nuevas que puedan llegar a su vida. Logra realizar ejercicios de restitución pues su alma, además de representarse como un navío, también se asemeja a un faro que debe permanecer también atento de sí mismo porque se ha sentido inspirado a iluminar el mar de otros, de manera alentadora. En este sentido, su luz es también de color magenta y la energía característica de Natasha, traducida en humanidad y bondad, es compartida por ella al hacernos partícipes de este escrito.

Caguas, Puerto Rico, 30 de enero de 2022.

PALABRAS PRELIMINARES

Anna MAGENTA

E l sábado, 20 de abril de 2013 marcó mi vida. Estoy segura de que también, la de muchas personas más. Murió mi hija mayor, mi nena grande. La hija que tuve siendo una adolescente. Natasha, "mi brazo derecho", la niña que nació de ese primer amor de escuela, de dos jovencitos que fueron y seguirán siendo sus maravillosos padres.

Natasha fue el motor para salir adelante, la fuerza que me impulsó para buscar proveerle a ese nuevo ser el amor y todo lo que merecía. Al convertirnos en padre o madre, no solo pensamos en el futuro, diseñamos también la vida que tendrán nuestros hijos. Entonces, ¿cómo yo podría vivir si desde mi adolescencia vivía para ella? ¿Cómo me podría enfrentar, en mis treinta y cuatro años, a tan fuerte dolor? Con su partida veía mis ilusiones, esfuerzos, amor y ganas de vivir irse junto a ella. Me quedé como inconclusa. ¿Qué haría con todos los planes que tenía para y junto a ella?

11

La muerte de mi hija me dejó, perdida en el mundo. Sentía inseguridad de afrontar el día a día. Desarrollé miedo hasta de cómo serían mis días. Era como vivir entre dos mundos: el de los recuerdos o el del presente, que también me pedía seguir adelante. Entonces recordé que Naty, mi Naty, amaba vivir:

Cuando me vea asediada por la tristeza,

cuando me sea imposible imponerme frente al

vacío que dejara en mí tu ausencia y cuando

no funcionen las fórmulas que inventé para

ahogar el llanto, recurriré a ti, a tu ejemplo y a

tu recuerdo, segura de encontrar allí la fuerza

para levantarme y volver a sonreír; me llenaré

de ti hasta sentir que ya no tengo razón para

estar triste. (*Tiempo de Vivir*, Claudia Chamarro,

2003).

Han pasado ocho años desde que le dije hasta luego a mi primer amor como madre, pero hoy sé que ella es mi fuente de inspiración para ayudar a otros. Ahora, después de largos, años, puedo hacer un recuento de lo sucedido, de lo que he logrado por la memoria de mi hija y de lo que aún me falta por hacer. La experiencia que comparto es de esas, en la vida del ser humano, que te hacen cuestionar hasta la existencia y, con ella, el propósito de la vida.

Yo estudié consejería y, por razones que aún no descifro, decidí hacer también la Certificación en Familia y Pareja. En el proceso de estudio (2011), conocí a la profesora y psicóloga Ada Rosabal. La Dra. Rosabal había perdido un hijo. Aún recuerdo cuando ella nos contó esa experiencia en una de las clases. En ese entonces, yo me preguntaba, ¿cómo ella podía vivir con una tragedia tan grande? Jamás imaginé que cuatro años después la buscaría para recibir terapia. Desde ese momento, comencé a entender por qué la había conocido. Esa experiencia terapéutica me fortaleció para cumplir con el deseo de plasmar lo que viví y lo que he vivido con la muerte de Natasha. Perder un hijo es la experiencia más desgarradora a la que se puede enfrentar un ser humano. Con ella explotan todas las preguntas existenciales. Es un dolor que quema lentamente, que ahoga el pensamiento y provoca una avalancha de sentimientos. Si no se busca conocer el propósito, el para qué de ese dolor, nos consume. Al igual que la Dra. Rosabal busqué desesperadamente ese propósito, esa "tarea" porque, después de mucho tiempo, comprendí que: "...no hay nada en el mundo que capacite tanto a una persona para sobreponerse a las dificultades externas y a las limitaciones internas, como la consciencia de tener una tarea en vida" (Viktor Frankl). Llegué a la conclusión que semejante dolor tenía como fin trasformar mi vida y la de otros en similar circunstancia.

Estar separada de mi hija es y ha sido devastador, aun así, espero que este libro le sirva de apoyo a madres y padres en duelo para dar pasos hacia adelante en medio de tan terrible e inexplicable tormenta. El camino es difícil, muy doloroso y parece no tener fin. Pero no tener a mi hija, me ha hecho reevaluar mi paso por la vida, cuestionarme cómo puedo ser más empática, más sensible más humana, y entender que tener un mañana es un lujo. Desde mi perspectiva, lo único garantizado es el amor infinito, reflejado en nuestros hijos.

Natasha con su hermana y
abuelos maternos, 2012.

HERIDA DE AMOR

"Cuando los miembros de una familia, hombres y mujeres lloran juntos, **comparten** el inexplicable dolor de la separación". (*Vivir cuando un ser querido ha muerto*, Earl A. Grollman, 1997).

¿Qué es el amor? Es el sentimiento más poderoso que hasta el momento conozco. El amor es una fuerza tan poderosa, que como... "magia", nos sostiene por el largo camino de la vida y mueve al mundo. El amor nos acompañará hasta más allá del último día de nuestras vidas físicas. Está, dentro de cada ser humano. Nos lleva a viajar por las diferentes estaciones de la existencia, esas que se presentan desde el momento en que nacemos. Sí, porque existen diferentes amores. Por lo tanto, las emociones que moverán esos amores no serán iguales. El amor que sentimos por los padres será diferente al sentido por la pareja, y este será diferente al experimentado por tus hijos.

¿Cómo definimos el amor por un hijo? Se le adjudica al escritor Dan Brown (2000) decir: "Ningún amor es más grande que el de un padre por su hijo", pero ni siquiera esta explicación parece describir lo intenso, inmenso e infinito de este amor. Dígame usted, ¿Qué haría por su hijo? Pues, sencillamente todo. Por un hijo, decimos, "se mueve el cielo, el mar y la tierra, de ser necesario". El amor por nuestros hijos nos mantiene navegando y descubriendo las posibilidades de ese maravilloso sentimiento. Pero algunas veces se nos muestra como un mar en calma, y en otras ocasiones, levanta sus olas y nos arropa.

¿Qué sucede cuándo un hijo muere? ¿Qué pasa con todo ese sentimiento, con esa fuerza con ese amor? Para mí, cuando un hijo muere es como si ese amor fuera un enorme mar de amor que levanta sus olas y nos ahoga. Ni nuestras propias lágrimas nos dan consuelo. Se quiere respirar, pero al parecer el oxígeno falta. Se vive constantemente buscando cómo volver a respirar porque se hace difícil de inhalar hasta el aire más puro. El sentido por la vida jamás vuelve a ser igual. Entonces, nos confrontamos con la posibilidad de que el amor se acabó. Es como si nos hubiéramos desconectado de esa fuerza y fuente misteriosa. Nos cuestionamos si lo que se sentía por los demás también se lo llevó nuestro hijo en su partida. En ese momento y ante su ausencia, hasta nuestra fe es probada. No entendemos ni aceptamos... comienza el cuestionamiento... ¿Por qué sucedió esto? ¿Qué sentido tiene? ¿Cómo voy a vivir? Son muchas las preguntas que se cruzan por la mente de los padres que sufrimos semejante pérdida.

Yo me sentía aturdida al no tener respuestas para todas mis preguntas. Sentía que una parte de mí se había marchado con Naty. Estaba como un barco a la deriva, sin saber qué rumbo tomar. Con la muerte de mi hija todo se volvió incierto. Nada parecía real, veía mi vida desvanecerse, hacerse cenizas. El pasado era el recuerdo más hermoso, mientras el futuro era cada vez más tenebroso.

Muy pocas personas sabían lo angustiante que era para mí seguir con mi vida. El torbellino de emociones que me invadió era insoportable. Había días que daba diez pasos hacia adelante y en par de minutos los mismos diez o más los daba hacia atrás. La vida se transformó en un reto de sobrevivencia, día a día. Pero el amor hacía los demás (algo aturdido, pero que siempre estuvo), jugó un papel importante.

Cuando sucedió esta tragedia yo vivía en la casa de mis padres al norte de Puerto Rico, junto a mis dos hijas: Natasha, de 19 años, y Ariana de 6. Mi papá, el hombre que más amo en la vida tenía un trasplante de corazón. Estaba consciente de que cualquier emoción fuerte que ocurriera le podía arrebatar la vida. Mi mamá, estaba con una pierna enyesada, casi sin poder caminar, pero recuerdo cómo trataba de seguirme por toda la casa pidiendo una explicación de lo que sucedía. Allí, aquel sábado, estaban ellos, unos abuelos destruidos que enfrentaban la pérdida de su nieta mayor, la más apegada a ellos. Todo era un caos en la casa. Si grande era el amor que sentíamos por Natasha, más grande fue la tormenta que se nos vino encima. Tuve que sacar fuerzas que ni yo sabía que tenía porque, entre mi mundo hecho pedazos, los gritos de dolor, los reclamos y preguntas de mis padres, estaba Ariana, mi otra hija, la más pequeña. Ella estaba recién operada de la garganta, sin poder hablar, y su carita bañada en lágrimas solo mostraba confusión, por todo lo que veía y escuchaba. Desde aquel día, Ariana se quedaba sin su única hermana, su amada "Taty". ¡Cómo le explicaba a una niña de 6 años lo que estábamos viviendo! Ariana no solo enfrentaba la pérdida de su hermana, perdía también, emocionalmente, a sus abuelos y a su mamá. Todos estábamos sin consuelo.

Ariana comenzó a experimentar muchas de mis emociones. Incluso, el miedo de que ella podía morir. El sentirnos protegidos y amados es un sentimiento que lo brindan los seres más cercanos. En ese momento, ninguno de nosotros tenía sus sentimientos y emociones estables. A veces, pensamos que los niños sufren menos y que por estar ocupados jugando, no sienten o tienen las mismas emociones que nosotros. Con Ariana aprendí que, hay que darle tanta o la misma importancia a los sentimientos de los niños, como a los nuestros. Desde aquél fatídico momento su manera de enfrentar distintas situaciones, sería llorando... quizás era lo que veía en mí. Yo trataba de no llorar cuando estaba junto a ella, de encerrarme en el baño, si no podía contener las lágrimas, y de usar gafas para ocultar mis ojos hinchados, pero nada daba resultado. Los niños pueden percibir cuando algo les pasa a sus padres.

Por Ariana misma y con ayuda de la psicóloga aprendí a validar sus sentimientos. Hubo días que me decía: "Vamos a llorar por Taty". Poco a poco fuimos afrontando el tema e incluso todavía, si me ve llorar, pregunta: "¿Es por Taty?". Si le digo: "Sí", me da mi espacio para desahogarme. Hemos aprendido, con mucho amor, a manejar el duelo. Hoy, hemos reconocido la pérdida y nos adaptamos a una nueva realidad. El amor hacía Ariana me hizo replantearme lo que era ser mamá. No tenía físicamente a Naty, pero la tenía a ella. Por un hijo hacemos todo, así que mi opción fue unir los pedazos en mi corazón y darle a Ariana lo que merecía. Ella merecía el mundo, todo el amor y la estabilidad de su madre. Al igual que sus abuelos, ella tenía el derecho de sentir y expresar su dolor como hermana y como hija. De algún modo, aquel dolor sentido por todos aplacaba un poco el mío, sin ni siquiera saberlo.

Natasha Maisonet Vélez en Miss Teen World Puerto Rico, 2013.

PREMONICIÓN Y DESCONSUELO

Aquel sábado 20 de abril de 2013, desperté, alrededor de las 6:04 a.m., muy asustada. "Naty", pensé. Miré el reloj y me dije: "No la voy a llamar, debe estar dormida". No me percaté que mi "sexto sentido", mi instinto de madre me alertaba sobre lo que estaba por ocurrir. Esperé unas horas. Recuerdo que la primera llamada a su teléfono móvil fue como a las 8:00 a.m. No recibí contestación. Seguí intentando, aunque sabía que estaba en el Festival deportivo o Justas de la Liga Atlética Interuniversitaria (LAI), al sur de PR, en Ponce. Naty no contestaba. Entonces, le envié varios mensajes de textos, no contestó ninguno. Recordé que la noche antes, en nuestra última conversación a las 11:17 p.m., me dijo que no se sentía bien. Quise ir a buscarla, pero me dijo que se tomaría algo para sentirse mejor. Por lo tanto, pensé que si no me contestaba era porque aún estaba dormida, no se sentía bien.

Pasaron las horas. Era medio día y mi tía Isa llegó a la casa. Yo estaba sentada alrededor de la mesa del comedor. Mi tía se sentó a hablar con mi mamá y conmigo, pero yo solo prestaba atención al teléfono celular entre mis manos, pues esperaba que mi hija llamara. La espera me torturaba. De momento, mi tía, una mujer que estremece de tanto amor y a la que amo muchísimo, me miró y me dijo, con la dulce voz que la caracteriza: "Tienes una mancha negra en tu vista". A lo que contesté: "¿Mancha? ¡Estoy bien!". Miré el teléfono. Volví a dejar mensaje. No hubo contestación. Sabía que era un fin de semana de diversión. La mayoría de los jóvenes de toda la isla que asisten a este evento deportivo de la LAI están de fiesta y playa durante todo ese fin de semana. Traté de tranquilizarme y de ocuparme de asuntos de la casa.

El tiempo fue pasando. Llegó la hora de cenar. Cociné y me senté en una pequeña mesa en la sala para ayudar a mi hija pequeña, Ariana a comer. Solo llevaba cinco días de su operación de los adenoides y de una amigdalectomía. Justamente, sonó el teléfono a las 4:43 p.m. ¡Era mi hija! Bueno era una llamada desde su teléfono. Mi reacción fue contestar: "No vuelves a salir. Eres una desconsiderada". Escucho: "Mamá de Natasha"... Al escuchar la voz de un hombre, comencé a cuestionar: "¿Quién es usted? ¿Qué hace con el teléfono de mi hija? ¿Dónde está Natasha?". Entonces, él se identifica: "Le hablamos de la Comandancia de la Policía de Ponce". Sentí cómo los latidos de mi corazón llegaban a mi garganta. Enmudecí. El agente continuó: "Su hija, Natasha Maisonet Vélez tuvo un accidente y necesitamos que venga a la comandancia". Recuerdo que me levanté bruscamente de la mesa y corrí a mi cuarto. ¿A quién llamo? ¿Cómo voy a llegar a Ponce en medio de aquella celebración? ¡Necesitaba llegar rápido y mínimo serían dos horas desde la casa de mis padres! Sin pensar más, llamé a Mary Moya, una compañera de trabajo en la Alcaldía del Municipio de Camuy. Le explico lo que estaba sucediendo. Me pide: "Dame unos minutos para llamar al alcalde, para indagar qué realmente sucede y coordinar la transportación". Hice otras llamadas más y nadie me contestaba. Mary (quien se ha convertido en un ser especial y a la que le agradezco tanto) me devolvió la llamada y me dijo: "Sigo haciendo llamadas, te llamo en cinco minutos". Ella no tuvo que volver a llamar, la noticia de que algo horrible había sucedido con mi hija se había comenzado a divulgar. Seguí llamando a otras personas, nadie contestaba. Necesitaba dejar a alguien con Ariana y mis padres. Decidí irme sola. Pero ¿qué le decía mis padres? Salgo del cuarto y le explicó a mi mamá sobre la llamada que recibí de la comandancia de Ponce, que me tenía que ir. En ese momento, se me ocurrió volver a llamar al teléfono de mi hija esperando que el agente me contestara. "Es Jacqueline la mamá de Natasha, ¿En qué hospital está mi hija? ¿Le llevo ropa?". Fue entonces cuando el mundo comenzó a desplomarse. "No mamá, no traiga ropa y no puede venir sola". En ese momento entendí que algo sumamente trágico había pasado. Miré a mi mamá y le dije: "Me tengo que ir". "Algo sucede con Naty". Salí corriendo de la casa pensando en quién se quedaría con mis padres y con mi hija menor.

Sentía que algo muy grave había sucedido. Con toda la confusión, corrí descalza hasta la casa de mis tíos Isa y Rate (Q.E.P.D), pero no había nadie. Era hora de la misa, mi familia acostumbraba a asistir a la iglesia los sábados. Regreso a la casa y me encontré con otra de mis tías que iba hacia la casa de mis padres. Le digo: "Tía Nita, me tengo que ir a Ponce. Algo pasó con Naty". Ella, al parecer, había escuchado alguna noticia porque me dijo: "Héctor murió". Me congelé. No supe qué decir. ¡Eran tantos los pensamientos que venían a mi cabeza a la misma vez! En ese instante, no entendí la conexión entre lo que le pudo haber ocurrido a Naty y esa información tan terrible que me acababa de decir mi tía.

Héctor Rojas Dávila era amigo de Natasha desde la escuela superior, desde entonces cada uno había tomado distintos rumbos, y… ella estaba en las Justas con un grupo de amigas. Pero si mi tía lo mencionaba, algo debía saber porque sus hijos practicaban baloncesto y Héctor recién había sido firmado para jugar con el equipo de Los Piratas de Quebradillas. Esa información generó en mi mente un rompe cabeza que no era capaz de resolver. Seguí mi carrera hacia la casa y caí rendida en medio de la carretera, mirando al cielo. Clamaba que todo lo que estaba pensando fuera un error. No sé cuánto tiempo estuve allí. Me levanté, y entré a la casa, eran las 5:00 de la tarde. A esa hora transmitían las noticias por televisión. Pensé en mi papá que acostumbraba a ver las noticias… y ahí estaba él, frente al televisor. En el preciso momento que cruzaba la puerta, estaban dando la noticia de mi hija. Escuché a mi papá preguntar: "¿De que hablan?" Mi mamá venía por el pasillo de la casa, arrastrando su pierna enyesada, diciendo: "Esa no es, dice que es de Manatí". No podía moverme: "Ella tiene la dirección de su papá en la licencia de conducir", pensé. Un miedo horrible comenzó a surgir y a apoderarse de mí. "Esto no puede ser real".

De momento, la casa de mis padres comenzó a llenarse de gente. Llegaron otros tíos y les pido que se queden con mis padres. Mi hermano José, que siempre ha estado para mí, también venía llegando. Ese día, él estaba en un juego de voleibol con su hija y otros familiares cerca de Ponce. Al llamarlo salió apresurado del juego. Supe que en el camino un policía lo detuvo por exceso de velocidad, pero al explicar lo sucedido con su sobrina, el policía solo le dijo: "Ve con calma". Al llegar, mi hermano me indica: "Vámonos, tengo que llevarte a casa del alcalde".

En ese año, el alcalde era Edwin García Feliciano, hoy día ocupa el puesto de Procurador del Ciudadano de Puerto Rico, y con quien trabajé por varios años. Nos conocíamos hacía muchos años y hacia su esposa e hijas siempre me unió un cariño y respeto especial. Además, sus hijas y Natasha se conocían y llegaron a compartir cuándo niñas y adolescentes.

Durante el camino hacia casa del alcalde no pude evitar buscar información en las redes sociales. Mientras buscaba, mi corazón se apretaba más en mi pecho, y mi mente repetía: "No puede ser, no es real, no puede ser, no es real…", como queriendo despertar de un sueño o una espantosa pesadilla. Mi cuñada Vane también buscaba información y, aunque no hubiera querido, la escuché cuando dijo bajito: "Es ella, es ella". Llegamos a casa del alcalde. Al salir del auto recuerdo que cada persona allí reunida llegaba donde mí y me abrazaba. Mis lágrimas salían, pero aún no tenía confirmado nada: "No puede ser, no es real, no puede ser, no es real...". Pero en el momento en que el alcalde se acercó a mí y puso sus manos sobre mis brazos, temí lo peor. Lo miré: "Alcalde, dígame que mi hija está bien". Él no pudo decirme nada. Su cara se desfiguró y bajó su cabeza. Solo pudo decir: "Te van a llevar a la Comandancia de Ponce. Lo que necesites no dudes en pedirlo". Me abrazó y entendí que lo que estaba escuchando, viendo y sintiendo era real. Algo muy duro, difícil y triste llegaba a mi vida.

Magalis, la esposa del alcalde nos acompañó a mi hermano y a mí. También, iban en otro vehículo, Nelson Hernández (hoy, director de Código de Orden Público de PR) y el sub-director de Manejo de Emergencias de Camuy, Héctor Matos. Mi jefe puso a mi disposición todos los recursos que podía para facilitar y agilizar la llegada a Ponce. Durante esa hora y media que duró el trayecto iba callada, rogando que nada fuera cierto. Estiraba la posibilidad, aunque fuera con mis ruegos y pensamientos. Escuchaba a todos los que iban acompañándome hacer llamadas y confirmar información. Mi teléfono comenzó a sonar y una y otra vez. Las llamadas... todas eran de condolencias. ¡¿Condolencias de qué?! Magalis me arrebató el teléfono. Trataba de protegerme para que no insistieran en hablar conmigo.

Al fin llegamos a la Comandancia de la Policía de Ponce. Magalis había llamado al pastor Joel Robles. Él oraba por mí, mientras yo caminaba para entrar a la comandancia. Mis piernas temblaban. Al entrar en aquel edificio, mi corazón se quería salir de mi pecho. Había que subir un elevador, una eternidad. Al abrirse las puertas, vi a mi mejor amiga Ivelisse, junto a las compañeras de trabajo Arelys y Jeismarie. Rápido nos abrazamos. "¿Ustedes aquí?", les pregunté extrañada. El silencio fue enorme. Ellas sabían lo que me iban a decir dentro de aquella oficina, pues habían ido juntas a disfrutar del espectáculo musical de las Justas. Al entrar y ver tantos policías, comencé a sentir el escalofrío más grande e intenso que jamás he vuelto a experimentar en mi vida.

Mi hermano José, Magalis, Nelson, Héctor e Ivelisse se colocaron a mi lado en lo que era como una sala de espera. Uno de los agentes policíacos me pidió que pasara a sentarme en una pequeña oficina. Entramos. Aquel agente no sabía ni como comenzar: "Mamá esto fue un incidente desgraciado y grave. Tres jóvenes, buenos estudiantes... allí no había drogas, ni alcohol. Uno de los chicos se quedó dormido con el auto encendido...". Interrumpí: "¿En qué hospital está mi hija, puedo verla?". El agente hizo una pausa y respiró: "Mamá, te tengo que decir que tu hija...". Comencé a rogar, a pedirle: "¡Por favor, no lo diga, no lo diga!". En ese momento, sacó de debajo del escritorio la cartera de mi hija, sus zapatos, el teléfono y me los entregó. Lloré, lloré. Sentía cómo mi cuerpo se iba al piso. Me desvanecía. Héctor Matos y mi hermano hacían todo lo posible por mantenerme de pie. Magalis e Ivy me abrazaban, secaban mis lágrimas. "¿Por qué?". Nadie podía darme una explicación. Luego de unos minutos el agente comienza a hablarme de la intoxicación por monóxido de carbono…[1] ¡Oh, Dios! En mi vida se me había ocurrido hablarle a mi hija de un accidente así. Desde ese momento desarrollé culpa, pero a quién se le ocurre hablar de "monóxido de carbono". Estuvimos en la comandancia hasta que llegó el papá de Natasha. Nos abrazamos por un rato. El papá de Natasha me apoyó como lo que es, un gran hombre. Esa misma noche, en la comandancia, hechos pedazos, tomamos todas las decisiones respecto a lo que debíamos hacer. Eran muchos los procesos a dividirnos… todavía no sé cómo pudo fluir aquella conversación. Solo estaba clara de algo, mi hija no iría al cementerio. La palabra cementerio implicaba unos procesos que aún no estaba preparada para aceptar. Hablamos con un capellán y salimos de allí.

De regreso a mi casa solo pensaba en qué le diría a mis padres. ¿Cómo enfrentar a unos abuelos que esperaban ver a su nieta?

---

[1] "Dolor familiar por la muerte de los tres jóvenes". *El Nuevo Día.* 22 abril 2013. https://www.pressreader.com

Al llegar vi la casa llena de gente y me quedé muda. Las palabras no salían, solo lágrimas. Al entrar a la casa miré hacia el pasillo y vi a mi padre. Caminé hacía él. "¿Me trajiste a la nena?", preguntó. "No papi, Naty no va a volver". Fueron las únicas palabras que pude decir. "¡No, no es verdad!", clamaba mi mamá al escucharnos. En vano, trataba de tranquilizarla. ¡Había tantas personas en la casa! No recuerdo ni en qué momento se comenzaron a ir. Solo sé que agarré a mi hija, Ariana, y nos fuimos a la habitación. Mi pobre niña lucía aturdida y, al no poder hablar, solo me miraba con mucha tristeza. Yo trataba de ser fuerte, pero era inútil, mis lágrimas comenzaban a ahogarme. No sabía cómo explicarle a una niña que su hermana jamás volvería a estar junto a nosotras. ¡Eran tantas las preguntas que tenía sin respuestas! ¡Deseaba tanto que llegara el próximo día y que todo fuera una equivocación, una pesadilla!

Casi de madrugada, cuando al fin todas las personas que estuvieron en la casa comenzaron a irse, agarré a Ariana para llevarla a dormir. Traté de ser fuerte, pero las lágrimas salían una detrás de la otra. Miraba a

Ariana y no sabía qué hablar o explicar. Cuando cambié su ropa, para ponerle su pijama, la miré y su cara de ternura e inocencia me pedía que tratara de calmarme, la verdad, no podía. La abracé fuerte, tan fuerte como pude y ella solo me dijo: "Taty no viene". "No, Taty no vendrá por que se mudó al cielo", fue lo único que se me ocurrió decirle. Me acosté a su lado en lo que se dormía. Las lágrimas me ahogaban, aguanté para no gritar, la pequeña manita de Ariana secaba mis lágrimas. En su inocencia, me preguntó: "¿Lloro?". Le contesté: "Sí".

Lloramos, hasta que se quedó dormida. Allí, en la habitación seguía preguntándome: "¿Cómo estaba pasando algo así? ¿Por qué?". Me sentía desgarrada, ¿qué más podía preguntar?

La noche fue larga, obscura, vacía. Mi corazón estaba enconado de tanto dolor.

Llegó el domingo. Me levanté y de manera automática hice desayuno para mis padres y mi hija. El silencio y ese frío que te invade cuando hay terror, sobrecogieron la casa. Nadie decía nada. La duda de lo que estaba pasando, y el deseo de que no fuera real que cultivé en mi mente se dispersaron al abrir la puerta de la casa. Vecinos, amigos, familiares, compañeros de trabajo y amigas de Natasha comenzaron a llegar para dar su pésame. Mi mente comenzó a registrar lo que me negaba a creer. Volví a mi habitación para no tener que recibir y escuchar a los que seguían llegando, pero algunos iban y tocaban la puerta del cuarto. No tenía más alternativa que abrir y recibirlos; aceptar sus palabras. La verdad, no quería escucharlos.

Los seres humanos, en momentos de profundo dolor, tratamos de consolar a quien realmente no tiene ni puede encontrar consuelo. Todos llegaban, con la mejor intención, a comunicar sus historias y creencias, pero yo solo quería gritar: "¡Cállate!". Muchísimas personas podrán pensar y juzgar ¿Cómo puedo escribir esto? Tengo que ser honesta. En momentos como este, la fe, las creencias y todo cuanto te hayan inculcado se pone en duda. Sentía que Dios me había abandonado y no tenía compasión conmigo. La descripción más clara que puedo dar es que me sentía como tirada en medio de un océano.

Ese día, también llegó el sacerdote. Yo crecí en la iglesia católica y mi familia era y es creyente y practicante. El sacerdote oró. Lo escuchaba desde la habitación. En mi interior sabía que, en algún momento, él iba a hablar conmigo. Tocó la puerta, abrí y lo dejé pasar. No había cerrado bien la puerta cuando le cuestioné: "¿Dígame por qué? ¿Por qué Dios permitió esto? Yo le pedí que la cuidara, no cuidó de mi hija. ¿Por qué, padre, Dios me quita lo que más amo? ¿Por qué si hay tanta gente llena de maldad se ensaña conmigo?". Lloré hasta desplomarme, dejando salir un gran peso de dolor. "Hija, yo no tengo contestación a tus preguntas. El dolor y el camino serán inmensamente grandes. Dios estará a tu lado. Él tiene el control de todo. Él te dará fuerzas", me dijo el sacerdote. "¿Qué fuerzas? Si me deja muerta en vida", le contesté. Él con su paz y conocimiento volvió a repetirme: "Dios tiene y tendrá el control". Le permití que orara por mí y se fue.

La familia comenzó a llegar a mi habitación. Mis primas y amigas buscaban alguna manera de mantener alguna conversación conmigo. De momento, se hizo un gran silencio, mi prima Tadi, madrina de confirmación de Naty me dice: "Necesitan la ropa que le pondrán a Natasha". Las lágrimas comenzaron a recorrer mis mejillas y sentía que me ahogaba. Tenía que elegir esa última vestimenta. Era su despedida. Pasaron tantas cosas en mi mente, incluso aquella escena de la conversación con ella, sobre la muerte, días antes de lo sucedido:

Naty miraba sus manos. Tenía las uñas pintadas de diferentes tonos rosas. De momento, me dice: "Mom, parece que mi vida será corta, mira las marcas de las palmas de mis manos". "Nena cállate, disparatera", le contesté. Insistió: "Déjame ver tus manos". Le mostré mis manos. "Ves, tus marcas son más largas. Si muero antes que tú, quiero que me vean hermosa, toda arreglada". Le dije: "Sí, sí y yo también", tratando de finalizar aquella conversación tan incómoda y que estoy segura de que, casi ningún padre o madre tiene con su hijo.

¿Cuán consciente estaba mi hija de lo que estaba diciendo? No lo sé, pero seis días después, me encontraba enfrentando su despedida. Me correspondía despedirla como lo que siempre fue: una reina. Algunas de mis primas comenzaron a salir de la habitación, no sabían que hacer ni decir. Me levanté de la cama, caminé al armario y escogí su vestido color magenta que con tanta ilusión exhibió en su fiesta de cierre de curso (prom) de escuela superior. "Ese no puede ser", me dice mi prima. ¿Por qué? "Porque se notaría la marca de la autopsia". Caí en un estado de negación de la realidad y de retroceso ante el proceso que estaba enfrentando. Comencé a cuestionarle a mi prima y ella, muy sabia, tuvo las contestaciones para, en medio de la crisis, calmarme. Conseguí otro traje espectacular, como mi hija. El vestido que utilizó en el Certamen de Miss Teen World Puerto Rico (2013). Busqué las pantallas, la sortija y la pulsera. Cubrí todos los detalles para que luciera como siempre. Mi hija amaba los zapatos, así que busqué unos hermosos zapatos rosa fucsia. Me preocupé de que estuviera radiante. Por lo tanto, pedí que le pusieran unas rosas bellísimas para completar el atuendo. Llamé a David Rodríguez "Davidonne", quien la preparaba para todos los eventos de pasarela. Al momento de llamarlo, no hubo un no de su parte. Solo me dijo: "Cuenta conmigo, vamos pa'lante". Todavía hoy, recuerdo ese gran gesto, nunca tendré cómo pagarle. La hizo lucir hermosa, como una reina.

Alrededor de las 4:00 p.m. del domingo, mi prima se llevó toda la ropa para entregarla en la funeraria. Salí un momento a la cocina y regresé rápido a la habitación para así evitar el pésame de las personas que habían llenado la casa de mis padres. No quería escucharlo. Mientras me encerraba, llegó a la habitación mi cuñada Vane, y la noté muy molesta. Le pregunté: "¿Que sucede ahora?". "Están hablando sobre la cremación. No están de acuerdo". Me contó todo lo que se había conversado entre familia. "Tranquila. Es mi hija y haré lo que su padre y yo acordamos que sería mejor". Por supuesto, en mi familia no creían en la cremación y esta sería la primera en la familia. En ese tiempo, los católicos tenían que pedir la autorización del Papa para que pudieran cremar a un ser querido. En medio de todo el dolor, también tenía que enfrentarme a las creencias religiosas de la familia. Las horas seguían pasando y llegaba la noche. La noche que me acercaba al día siguiente con todo lo que representaba: el día del encuentro y la despedida.

Naty y yo, lunes 15 de abril de 2013.

UN ADIÓS SIN DESPEDIDA

"Lo que una oruga interpreta como el fin del mundo es lo que el maestro denomina mariposa". (_Ilusiones_, Richard Bach, 2007).

L legó el lunes. Otro día con la casa llena de gente. Después de hacer el desayuno, comencé a prepararme y a vestir a Ariana. La vestí con un trajecito negro. Después de unas horas no supe más de Ariana, supongo que mis tías y primas se hicieron cargo de atenderla. La verdad es que no sé quién se hizo responsable de ella durante esas largas horas.

Las personas seguían llegando a la casa. Entre ellos, dos compañeros de trabajo: Lizzie y José "Kako" Hernández. ¡¿Quién hubiera pensado en lo que ellos dos se han convertido para mí?! Ella, en una gran aliada y amiga y él, en mi esposo. Al ellos marcharse llegó mi mejor amiga Ivy a buscarme. Sabíamos que los reporteros de las noticias de los diferentes canales del país iban de camino hacia la casa. Yo no quería hablar con nadie y mucho menos en televisión. Quería salir lo más rápido posible, antes de encontrarme con ellos. ¡Cómo iba a explicar lo que para mí era inexplicable! Logré salir de la casa y, en ese momento, llegaron los reporteros. Fue mi hermano quien, con su paz y calma contestó todas las preguntas, mientras mis padres esperaban por él.

Al llegar a la funeraria, a eso del medio día, el pánico se apoderó de mí. Aquellos minutos antes de entrar fueron interminables. Me inundó la indecisión de si hacerlo o no. Al entrar, pude ver que había familiares y hasta personal de Manejo de Emergencias del gobierno municipal. Recuerdo que me acerqué a mi tía "Isa". Ella, tratando de consolarme, no pudo más y se desmayó. Llegó la ambulancia por ella. Esperamos unos minutos para acordar con el padre de Naty y la familia más cercana unos detalles antes de entrar a la capilla donde se encontraba mi hija. Decidimos que allí entrarían solo la familia inmediata: madre, padre, tíos, abuelos y primos. Quise que entraran ellos antes que yo.

El terror sacudía hasta mi cabello. Mi amiga Ivy, permanecía ahí justo a mi lado. Cuando abrió la puerta de la capilla salí corriendo al encuentro más desgarrante que pueda experimentar un ser humano. Apenas una semana atrás Natasha estaba viva, radiante. No pude verla ni cuando trasladaron su cuerpo a la funeraria y ahora mi niña grande estaba allí, dormida, le pedí a gritos a mi hermano que la despertará: "¡Levántala, José levántala!". "No, no, no puede ser", escuchaba a mi mamá gritar. Mientras, Mery, la abuela paterna, un ser tan maravilloso, lloraba destruida por el dolor. Yo los miraba a todos y, perdida en mi negación, seguía rogándole a mi hermano que la despertara. Él hizo su esfuerzo por no llevarme la contraria. Mi cuerpo no aguantó más. Tuve una reacción de incontinencia que no pude evitar. Fue como volver a "romper fuente". Me vacié de tanto dolor. Mi amiga, con su dedicación, me llevó al baño, secó mi ropa y mi cuerpo empapado.

Estuvimos un largo rato dentro del baño. Yo no quería salir, no quería abrazos, no quería escuchar los discursos de las personas. Solo quería que me dijeran que era una pesadilla. Finalmente, después de algunos minutos salí del baño y caminé nuevamente hacia la capilla. Abrí aquella puerta y me volví a encontrar con mi hija. Estaba hermosa. La acaricié y besé su fría frente. Le hablé le pedí que no me dejara, que despertara, pero todo fue inútil.

Los minutos fueron pasando y la capilla se llenaba. Había muchísima gente, entre familiares, amigos y hasta personas que nunca había visto. Debía dejar que otros también la despidieran. Cada vez que veía que se acercaban y la tocaban, llegaba a su lado a verificar que estuviese bien. Volvía a mi mente lo que me dijo días antes de lo sucedido: "Si algo me pasa y muero, quiero estar regia, hermosa". Seguía llegando más gente, incluso autobuses de la universidad dónde estudiaba. Recuerdo que en un momento necesitaba ir al baño y no podía salir. Mis amigos buscaban la manera de cómo sacarme de la capilla sin que las personas se acercaran. Lograron sacarme de aquella capilla y me llevaron a otra. Allí pude descansar unos minutos. También, llevaron a mi padre. El pobre abuelo estaba casi por desmayarse. Pedí que le compraran algo de comer y me aseguré de que al menos sus signos vitales estuvieran bien. En ese lugar permanecí un buen rato esperando que los reporteros de varios canales se fueran. Yo no quería hablar. La noche hacía su entrada, y lo único en lo que pensaba era en que me quedaba menos tiempo para estar con Naty.

Decidí volver a la capilla donde se encontraba mi hija, seguía repleta de gente. Todos querían darme sus condolencias o muestra de apoyo: "Si a mí me pasa algo así con uno de mis hijos, no sé qué haría". La verdad, no aguantaba una palabra más. Cada vez que escuchaba decir algo así, quería salir corriendo. Para sobrevivir las horas que faltaban dentro de la capilla me sumergí en un estado de negación. "Esto no está pasando, no es ella, no es ella...".

El momento de despedida llegó. Era muy tarde, alrededor de las 10:00 p.m. e iban a cerrar. Hablé con la familia cercana y le expliqué para que fueran despidiéndose de Natasha. Le di su espacio a cada uno. Quería ser la última en despedirme; entonces los dueños de la funeraria me encargaron cerrar el ataúd. Yo sabía que no podría, ¡cómo iba a encerrar a mi hija! Hablé con el papá de Natasha y él accedió a hacerlo. Sé cuánto le costó este gesto. Natasha y su padre se amaban. Ella vivía muy orgullosa de él y de sus logros.

Los minutos que estuve sola junto a Natasha, para despedirme, fueron muy duros, dolorosos y llenos de preguntas: "¿Cómo te puedo decir adiós? ¿Cómo voy a vivir sin ti?" Le supliqué y le rogué que despertara. "Naty no me dejes, no tienes idea de lo que estás haciendo". Así estuve largos minutos y me fui deslizando frente al ataúd hasta caer sentada en el suelo. Miré la capilla, sus cuatro esquinas. Me vi sola, en aquel lugar tan frío, sin entender el porqué. Me levanté y fui a buscar a Ariana para que se despidiera de su hermana. Aquel momento lo llevo muy presente. Mi niña de 6 años, Ariana, le dio un tierno beso en la frente a su hermana. "Mami, Tati está fría". "Sí", le contesté. Abracé tan fuerte a Ariana y le dije: "Tenemos que decirle adiós a Tati, no la volveremos a ver. Ella se va al cielo a vivir". "Ok", dijo Ariana. La levanté en mis brazos nuevamente y, ahogándome en mis lágrimas con Ariana cerca de mi pecho, le dije: "Naty, es un hasta luego. No tengo la menor idea de qué sucederá conmigo después de todo esto. Te pido que de donde estés me des las fuerzas y las señales de cómo continuar, para tu hermana. Te amaré, te extrañaré hasta el día que nos volvamos a encontrar". Miré a Ariana y le pregunté: ¿Quieres decirle algo? Afirmó con la cabeza: "Taty bye, call from heaven, I will have your cellphone". Volví a besar a Naty y salí de la capilla. Fui y me despedí de su papá. Le dije que pasara... Ya quedaba poca gente en la funeraria. Les dije a mis padres que saliéramos de allí. En ese preciso momento, el personal de la funeraria llegó a hablar conmigo y coordinar el día que me entregarían las cenizas del cuerpo de mi hija, las cenizas del cuerpo de mi hija... No da uno abasto para tanta angustia.

Salimos de allí. Al llegar a la casa se hizo un gran silencio. Mis padres se fueron a su habitación y yo me quedé con Ariana. La bañé y la acosté a dormir. Estuve toda la noche sin dormir, solo lloraba y lloraba; estaba sin esperanzas de que lo que había sucedido fuera una pesadilla, sabía que otra nueva etapa de vida me esperaba y esta sería sin una de mis hijas.

AGUA DE AZAHAR

"Un verdadero amigo es quién te toma
de la mano y toca el corazón". (Anónimo).

Soy de pocas amistades. Siempre he sido muy celosa
de a quiénes les permito entrar a mi vida. Sin
embargo, con el tiempo confirmé que "un verdadero
amigo, te toma de la mano y toca el corazón".

Ese primer año de la partida de Naty, lo sobreviví
día a día, paso a paso. En esos primeros días, semanas,
meses y hasta al año, me dolía hasta respirar. Llegué a
sentir que me volvía loca del dolor. Era un proceso que
no le veía final. Fueron meses sin dormir. Hubo noches
que no dormía y otras que solo dormía una hora o dos.
Así pasaban mis días. Para el resto de las personas el
tiempo pasaba rápido, pero para mí, estaba detenido.

Regresé a trabajar una semana después de lo
sucedido con mi hija. La verdad no sé cómo lo hice.

Quizás fue una decisión instintiva, para sobrevivir. Pero, en más de una ocasión salí de mi casa a trabajar y no llegué a la oficina. Me perdía conduciendo el auto, seguía de manera automática como sin rumbo. Cuando mi mente registraba que conducía demás, entonces regresaba a mi oficina. Admito que había muchas personas pendientes de mí. Obviamente, estaba mi familia y amigos más cercanos, pero, sin mis compañeros de oficina, una parte de mí jamás hubiera salido adelante. Si pasaban par de minutos de la hora de entrada y notaban que aún no llegaba me llamaban a mi teléfono celular. En ocasiones, fueron ellos los que me rescataron de mi "visión nublada". Estaban alertas para apoyarme y lograr que los trabajos salieran a tiempo.

Recuerdo a mi compañera de trabajo Vicky, traerme la famosa "agua de azahar". Así comenzó por un gran tiempo mi amor a esta esencia aromática con tantos usos. Por años hubo un envase en mi escritorio. Con ella lograba un estado relajante natural, pues nunca quise tomar medicamentos y mucho menos recluirme. También, otros amigos y compañeros estaban atentos a mi alimentación. Uno, siempre llegaba con un café y tostadas: "Nena tienes que comer algo, no me digas que no". Hasta, los compañeros de la oficina que estaba justo al lado de la nuestra llegaban en las mañanas a saludarme y a preguntar qué necesitaba. Llevo conmigo, su cariño y compasión hacia mí.

La hora del almuerzo se tornó en una batalla campal que logré ganar por el cuidado de mis amigas más cercanas. Si entrábamos a comer a cualquier lugar y las personas reconocían que yo era la mamá de Natasha, llegaban a darme su pésame. Fueron muchas las ocasiones en que las condolencias me desequilibraban. Aquellas palabras que pretendían ser de empatía y aliento: "Si a mí me pasa eso de perder un hijo, yo me muero", "Yo no sé cómo tú puedes" o "Sin mi hijo yo me muero" me dolían enormemente. Eran para mí como cuchillos al corazón. ¿Qué esperaba la gente de mí? ¿Debía vivir? Fue entonces, que después de unas semanas de lo sucedido con Natasha comencé a buscar ayuda.

Mis amigas entendiendo mi desesperación, hasta pagaron mi primera consulta con un psicólogo. Esa primera visita al psicólogo fue un desastre. Él no tenía la experiencia de manejar el duelo y al decirme que no tenía hijos le cuestioné tantas cosas que no hubo oportunidad de desarrollar esa "química" entre doctor y paciente. Quizás yo no estaba lista. Es ahora que entiendo lo que plantean algunos padres: "Procesar la pérdida uno solo es difícil. En ocasiones, imposible" (Barceló, *El Nuevo Día*, 13 ene., 2018). Pero, en mi caso, yo quería que fuera posible, pues sería insoportable una vida sin esperanza.

En la búsqueda llegué a Amigos Compasivos. Una organización sin fines de lucro que ofrece apoyo, comprensión y esperanza a padres y madres de hijos e hijas que han fallecido. Allí me di cuenta de que no era la única en aquel oscuro mundo. Aquel grupo de madres y padres estaban dedicados a ayudar a procesar ese terrible dolor y me dieron la "bienvenida al club" al que nadie quiere pertenecer. Allí recibí tanta literatura que, ni sabía que existía. Siempre estaré en deuda por toda la ayuda recibida por parte de este grupo extraordinario y su labor de amor, digna de admirar.

Luego, de haber asistido mensualmente por espacio de casi un año a Amigos Compasivos decidí intentar nuevamente la ayuda psicológica con una psicóloga cercana. Muy cerca de mi lugar de trabajo encontré Cenit Centro Psicológico (CCP). La Dra. Moro se convirtió en una aliada. Siempre estuvo muy atenta y convencida de que yo iba a aprender a vivir con la situación y que mi preparación en conducta humana, como consejera, sería mi aliada. En ese mismo período visitaba a mi profesora de la Certificación de Familia y Pareja, la Dra. Rosabal. Fueron varios los años que estuve visitando el CCP, muchísimas veces, destruida emocionalmente. Hubo momentos en que la Dra. Moro me sugirió ver un psiquiatra o internarme. A ambas alternativas le dije no. Opté por medicamentos naturales y técnicas de respiración. Al tener a mi otra hija Ariana conmigo sentía que no podía estar bajo los efectos de medicamentos y mucho menos alejarme por internarme en algún centro.

A pesar de todo el cansancio que llevaba emocional y físico decidí vivir día a día, porque hasta contestar una simple pregunta en la vida cotidiana: "¿Cómo estás?", se convirtió en un reto. La mayoría de las personas esperan la contestación: "Estoy bien". Realmente, yo no podía contestar eso, así que adopté la contestación: "Ahí vamos". De esta manera, sentía que me cuidaba. Algunas lo entendían, otras no tanto. Incluso hubo quien intentó poner palabras en mi boca, pero yo no lo permitía. Solo yo sabía cómo me sentía, cuándo y dónde quería hablar. Parecía que todo el mundo sabía lo que era mejor para mí, pero la verdad es que nadie sentía lo que yo vivía; en mi interior quería gritarles: ¡No, no sabes cómo me siento!

Pasado el tiempo fui entendiendo incluso que, para muchas personas cercanas, no era fácil mi presencia. No sabían qué decir. Tuve que leer mucho para comprender que, para mí, sería un proceso muy largo y que, en ocasiones, lo sentiría como infinito. Todavía estoy lidiando con frases como: "Disculpa", "se me olvida" o, "no quise decir eso". Aceptar que los demás no tenían que sentir mi dolor, quizás porque no lo han vivido, me hizo abrir mis ojos y apoyarme en todas las personas que sí me escuchaban y que estaban a mi alrededor. Solo con su silencio, yo entendía que me decían: "No, no puedo ni quiero estar en tu lugar, pero estoy a tu lado, por si me necesitas".

A estas personas (familiares y amigos) no les ocultaba, ni le oculto mi dolor. Son los que me dejan ser, están pendientes y secan mis lágrimas. Hacen que mis días sean bonitos y saben que, entre altas y bajas, lucho todos los días por estar bien. Con su ayuda, el agua de azahar, (también he añadido Serenitas) y mi actitud ante la vida he logrado salir adelante en medio de la tormenta: "Todos tenemos una reserva de fuerza interior insospechada, que surge cuando la vida nos pone a prueba" (Allende, 2009).

Natasha y yo en un selfie luminoso, 2013.

UN CAMINO JUNTAS

"Todo tiene su tiempo y todo lo que se quiere
debajo del cielo tiene su hora". (*Eclesiastés* 3:1)

La llegada al mundo de Natasha, fue todo un reto
en aquel 1993. Yo era una jovencita de 15 años
y tenía una bebé. En el momento de su nacimiento
comenzó mi transformación. Fue mi maestra y enfoque.
Tuvimos la dicha de tener ayuda de familiares y amigos
que siempre tendrán un lugar en mi corazón. Todas esas
personas aportaron algo para construir a una mamá muy
fuerte y consciente, quien a pesar de su adolescencia era
responsable de un nuevo ser. Por esta razón ambas fuimos
por la vida dando sólidos pasos, y siendo agradecidas de
tanto cariño.

Junto a Natasha estudié mi escuela superior. Los
que conocen o vivieron nuestra historia, la vieron llegar
a mi graduación de cuarto año, vestida con la respectiva
toga, con tan solo 2 años y medio. Allí demostramos que
podíamos, que éramos un equipo, que nos graduábamos

¡con Alto Honor!, y ¡su mami fue la Maestra de Ceremonia! Natasha fue siempre mi inspiración y centro. Llegó el momento de entrar a la Universidad de Puerto Rico, recinto de Arecibo. Inicié en Pedagogía. Digo que nos matriculamos juntas, porque entre mi estudio y trabajo siempre estaba ella. Allí coloqué las bases de lo que, para mí, sería su futuro y mi manera de apoyar las ilusiones y sueños de mi hija. Vuelvo e insisto que mucho de estos logros no se hubieran dado sin nuestros ángeles guardianes y red de apoyo que incluye a cada persona que cuidó de Naty para que yo estudiara y trabajara; a todos, mi agradecimiento.

La vida nos retó con la separación entre su padre y yo. Entonces, a sus 4 años, nos fuimos a Estados Unidos, a New Jersey. Allí comenzamos en un nuevo lugar y con otro idioma. Con muchísimo esfuerzo y lágrimas logramos que yo terminara un bachillerato. Las decisiones y la vida misma nos fueron llevando a vivir aventuras y experiencias de alegrías y tristezas. Al yo ser tan joven, fue fácil que ella se fuera convirtiendo en mi brazo derecho, era mi primer gran amor como madre y mi fuente de inspiración para alcanzar mis metas y siempre querer más. ¡Cuánta fuerza tiene un hijo!

A sus 13 años nació su única hermana, Ariana. La vida le dio la oportunidad de ser la hermana mayor. La hermana que estaba para besitos y abrazos. Para ese entonces, después de varios años de estar viviendo en California, tuvimos que regresar a Puerto Rico. Nos fuimos acomodando a nuestra nueva realidad. A Natasha le correspondió ir a la Escuela Superior Manuel Ramos Hernández en Quebradillas. Aquellos tres años en la escuela superior fueron de pura adrenalina. Nunca faltó una actividad en la que no participara. Natasha siempre me decía: "Me eligieron" y, de inmediato, yo estaba dispuesta a apoyarle con mi corazón lleno de orgullo.

Participamos en marchas de organizaciones en apoyo a personas con cáncer, en obras de teatro, veladas de Navidad, entre muchas otras actividades cívicas y escolares. Desde entonces, comenzó a identificar lo que le gustaba y le apasionaba. En la búsqueda, encontramos la academia de baile, de modelaje y los certámenes de belleza. Hoy, agradezco tanto a Dios por la oportunidad de cada uno de esos proyectos, pues tenían un propósito. Aunque a veces pensaba que eran "otro invento más", realmente, cada uno representó tiempo para compartir y almacenar recuerdos que irán conmigo hasta el último día de mi vida y más allá. Igual para mi hija.

La vida continuó su paso. Para el año 2012, llegó el momento de iniciar su vida universitaria. Quería estudiar comunicaciones. Era perfecta para ello, comunicativa, creativa, sociable y mucho más. Esa gran experiencia me hizo exclamar: "Mi hija se ha convertido en adulta". Aún recuerdo las emociones que me embargaron al dejarla en la residencia de la universidad, pero entendía que eran etapas de la vida y no las podía detener. Mi "nena grande" tenía que volar con sus propias alas. Así fue, voló con ellas y no lo pude evitar, no la pude detener. En la vida nos enfocamos en alcanzar tantos sueños o metas que, olvidamos lo frágil que puede ser nuestra existencia. En segundos la vida cambia, y claro está, nos transforma.

Aun con todo este legado de alegría por la vida, deseos de hacer, realizar y disfrutar (sin olvidar descansar) que me dejó, pienso que faltó tanto por hacer, tantas memorias por crear. Había planificado una vida con ella, sin considerar la posibilidad de que Natasha podría partir de este mundo físico, antes que yo. Fue una separación física abrupta que me dejó con los brazos vacíos y un dolor que aún no encuentra explicación. Pero guardo el anhelo (aunque no sé cuán certero sea) que, en otra vida, tengamos la oportunidad de continuar todo lo que en esta no pudo ser.

En celebración del quinceañero
de Ariana, 2022.

ARIANA "DEE DEE"

*"La muerte acaba con la vida de una persona,
pero no lo que sentimos por ella". (Gaby Pérez Islas, 2021).*

¿Qué hubiese sido de mí sin mi hija menor? Ariana nació en el 2007. Sí, la diferencia de edad entre ella y Natasha era mucha. Entre ellas parecía que no habría mucho por compartir, eran dos mundos diferentes. Sin embargo, para Ariana, Natasha era su "Taty". La seguía por toda la casa y se metía en su cuarto a tocar sus cosas. Una vez Naty me dijo: "Ella es una Dee-Dee". "¿Qué es una Dee-Dee?", pregunté yo. Resultó que era un personaje del programa infantil norteamericano *Dexter Laboratory*. Dexter tenía una hermana llamada Dee-Dee que era una niña muy cariñosa, pero traviesa. De ahí surgió el apodo para Ariana, que se ha convertido en un lindo recuerdo, pues solo yo la llamo Dee-Dee.

Jacqueline Vélez Méndez

Después de terminado todos los procesos funerales de Natasha, las noches comenzaban a pasar y la ausencia de Naty se hacía más evidente para Ariana, en especial, los fines de semanas. Ella acostumbraba a dormir al menos un día con su hermana cuando llegaba de la universidad. Ariana, dentro de su inocencia, solo decía: "Taty está en el cielo". Yo hice lo posible por llevar un ritmo de vida con Ariana lo más normal posible. Me levantaba temprano para llevarla a la escuela, seguir a mi trabajo… pero esta nueva realidad se volvió tan difícil, que tuve que buscar ayuda psicológica para ir sobrellevando el proceso de ella.

Hubo situaciones tan fuertes que hoy me pregunto cómo salimos adelante. Recuerdo que hacer la tarea escolar de crear el árbol genealógico y explicarlo fue terrible. Esa asignación nos confrontó con la realidad. Entre lágrimas apenas logramos crear el árbol y redactar una breve biografía de cada uno de los que conformaban al árbol familiar. Con el tiempo y con ayuda psicológica, Ariana fue desarrollando cierta naturalidad hacia el tema de la muerte. La experiencia de perder a su hermana la hacía responder al tema de manera diferente a otros compañeros de escuela.

En una ocasión, un maestro me citó para verlo porque al pedir un dibujo al grupo, Ariana había dibujado un cementerio con corazones. Al mostrarme el dibujo no pude aguantar las lágrimas. Mi hija, de 7 años, había dedicado su dibujo a su hermana. El maestro estaba muy preocupado, y no era para menos. Nunca le había sucedido algo así con una estudiante. Le expliqué todo el proceso que estaba viviendo Ariana con la pérdida de su hermana y entendimos que lo mejor que podía pasar era que lo expresara artísticamente. Fueron años escolares muy fuertes, tanto para Ariana como para mí. Cada día era un reto. Ariana lloraba mucho en la escuela y no todos los maestros estuvieron preparados para trabajar emocionalmente con la situación.

Nuestra primera Navidad sin Natasha fue todo un preparativo desde antes de que llegara el mes de diciembre. Sí, tuvimos que aprender a planificar anticipadamente los días festivos. Ese primer año fue de mucho aprendizaje para sobrevivir a la cruel realidad de que Natasha no regresaría con nosotras. Nuestro reto era, cómo enfrentar el 16 de diciembre, día de cumpleaños de Natasha y luego, el 25, día de Navidad.

Aquel 2013, decidí viajar con Ariana y dedicarle todo el tiempo que sentía le había quitado por mi propio proceso. Nos fuimos en el crucero Disney. Hice todo lo que estaba a mi alcance para que Ariana disfrutara. Pero, no importaba a dónde fuera, allí también iba mi dolor. Un día, jugando en la piscina del crucero con Ariana, las lágrimas comenzaban a salir. Intentaba hacer todo lo posible por no llorar, cuando miré al cielo y escuché dentro de mí la voz de Naty decirme: *"No llores más, no te consumas más. Era mi tiempo, estoy bien"*. ¡Tenía en mi interior tantas preguntas sin contestar sobre su partida repentina, pero en ese momento sentí mucha tranquilidad! Aunque con mucho dolor, tuve que ir aceptando que su paso por la vida había culminado. ¿Sería posible que Naty a tan temprana edad ya hubiera cumplido su propósito? En ese momento miré a Ariana, la abracé y lloré. No podía aguantar las lágrimas. Entonces, se me ocurrió llevar a Ariana al centro de cuido del crucero, allí la dejé en lo que iba a la habitación y lloraba. Lloré hasta que llegó la hora de ir a buscar a Ariana. Al finalizar el crucero, nos fuimos al Music All Star Disney Hotel, y allí pudimos celebrar lo que sería el cumpleaños 20 de Natasha.

Ariana se convirtió en el motor de mi vida, por ella he encontrado fuerzas que no sabía que existían. Esa primera celebración de cumpleaños de Naty, sin su presencia, fue aceptar que éramos dos, ya no tres. Así, junto a Ariana y seres queridos he afrontado todas esas celebraciones, aunque haya una silla vacía.

No me cabe duda de que, Ariana tiene su propósito de vida. A través de ella Dios me preparó para una catástrofe que no imaginaba. A sus 3 años, Ariana cayó de un alero de la casa de mis padres. Al caer, su cabeza dio fuertemente contra el pavimento. Al llevarla al hospital le descubrieron un tumor en el lóbulo frontal izquierdo. Desde ese momento, muchos fueron los diagnósticos, entre ellos, cáncer. Recuerdo, que esa fue la primera vez que sentí que el mundo me aplastaba. Luché contra viento y marea para que a mi

Ariana no la operaran hasta que los doctores estuvieran claros en sus diagnósticos. Al fin llegamos a la oficina del neurocirujano, el Dr. Sosa. A través de muchos años hemos seguido monitoreando ese tumor y hasta el día de hoy, Ariana ha estado bien.

Ariana ha sido la demostración más grande de amor ante la adversidad, aún con el dolor inmenso por lo sucedido a su hermana. La tenía conmigo, y ella no merecía una vida gris, Ariana era digna de tener y vivir los colores de la vida y el amor. Ariana ya cumplió sus 15 años y se ha convertido en una joven tierna, respetuosa y cariñosa. La experiencia de perder a su hermana y ver a su mamá enfrentar el proceso de duelo ha hecho de ella una jovencita consciente de que en la vida física no tenemos nada garantizado.

En algún momento Ariana leerá este libro; quiero que sepa, que sin ella hubiera sido aún más difícil la carga. Ella ha sido la fortaleza para continuar cada día con la vida. Ariana fue mi salvación. Hubo días más tristes que otros, pero siempre busqué ser fuerte en medio de la tormenta para dejar espacio en el corazón, para disfrutar de su sonrisa y de lo que la vida me regala a través de ella. Con Ariana la crianza ha sido menos posesiva o más relajada. Quizás, ya he entendido que hay situaciones que no están en mi control.

"De mi closet Para tu PROM"

¿Eres estudiante de 12mo grado y aún no tienes el vestido para tu fiesta de graduación?

Ven a la Plaza Artesanal "Rafael "Fito" Hernández en Camuy el sábado, 6 de abril de 2019 desde las 9:00 am. Tendremos vestidos que han sido donados con el propósito de ayudarte para que puedas asistir a tu PROM.

Estaremos rifando certificados para arreglos de cabello, uñas y maquillaje.

De mi closet para tu prom: uno de los proyectos para honrar la vida de Naty, 2019.

VOLVER A SONREÍR

Aun teniendo a familiares y amigos conmigo, la pregunta de cómo se vuelve a sonreír después de la pérdida de un hijo o hija, resuena en la mente. Se lucha día a día para que la vida no pierda todo sentido, porque muchas veces las lágrimas son nuestra verdadera compañía diaria. Esas noches sin dormir por semanas y hasta meses me hacían funcionar de manera robotizada. Muchas veces, en el piso de mi habitación, lloraba, y hacía miles de cuestionamientos. Clamaba a Dios por una respuesta. Pedía ayuda porque sentía que la vida me quemaba lentamente. En esos momentos de soledad, no importa el tiempo que haya pasado, se pueden activar los pensamientos de derrota, el desafío a la fe, a las creencias, a los sueños y a las ilusiones.

El debate sobre si se volverá a reír o a tener felicidad, se hace real. Sentía que no tenía derecho a serlo. "¡No debes!", me decía a mí misma, Sentía que si intentaba hacerlo traicionaba la memoria de mi hija. Creía que no estaba bien volver a sentir alegría. ¡Claro! Damos como un hecho que los padres moriremos antes que nuestros hijos. Jamás pensé que mi primera hija partiría antes que yo. Ese no era el orden de vida que yo había aprendido. Poco a poco, al igual que Ángela Miller entendí que: "Aunque voy a llorar la muerte de mi hija para siempre, esto no significa que mi vida carece de alegría y felicidad. Muy al contrario. De hecho, y a pesar de que me tomó un tiempo llegar a este punto, mi vida es mucho más rica ahora. Yo vivo cada experiencia desde un lugar más profundo" (citada en "El duelo por la muerte de un hijo, psicopedia. org.).

Han pasado ocho años y su partida me ha enseñado tanto. Aprendí a buscarle sentido al sufrimiento. Con el tiempo, con mis fuerzas y con las personas que me acompañaron y otras que siguen a mi lado, volví a sonreír y a creer en la felicidad. Hice mío el texto bíblico: "Ustedes no han pasado por ninguna prueba que no sea humanamente soportable. Y pueden ustedes confiar en

Dios, que no los dejará sufrir pruebas más duras de lo que puedan soportar. Por el contrario, cuando llegue la prueba, Dios les dará la manera de salir de ella, para que puedan soportarla (1 Corintios 10:13).

El camino recorrido, sin mi hija Naty, no ha sido fácil, pero sí de muchísimo crecimiento. Hoy veo todo lo que he logrado para honrar su vida. Más allá de mi dolor, me uní a los esfuerzos del proyecto del Senado # 523 para crear la Ley para la Prevención de Envenenamiento por Monóxido de Carbono (CO) al requerir que las hospederías y otros espacios de trabajo coloquen detectores de CO.[2] Apoyé el Premio Natasha Maisonet Vélez en el Certamen Miss Teen World Puerto Rico, que se otorga a la participante que esté estudiando comunicaciones y se destaque por su carisma.[3] También organicé (desde 2019) la actividad "De mi closet para tu prom", que promovía por las redes sociales, en la que se recogían vestidos, en muy buen estado, para que las jóvenes de escasos recursos asistan de gala a su baile de

---

[2] "Proponen moteles tengan detector de monóxido de carbono". *Primera Hora*, 22 de abril de 2013. https://www. primerahora.com.

[3] El Premio Natasha Maisonet Vélez se creó en el 2014. El primer año se le entregó a la Srta. Natalia Vélez.

graduación. Fui muy cuidadosa con los detalles para que esta iniciativa fuera exitosa. Esta representaba, mis primeros pasos para desligarme de algunas de las pertenencias de Naty.

Aún me mueven otras inquietudes, como la de crear un grupo de apoyo a padres… Por el momento, publico este libro que me ha ayudado a sacar los sentimientos más profundos y a hacer una autoevaluación a distancia, porque no hay tristeza que supere la de una madre que entierra a su hijo.

Todavía batallo por mantenerme de pie y sacar a mi hija menor adelante. A pesar de no tener a Natasha a mi lado, trato de reconocer siempre que la vida es hermosa. Sí, se vuelve a sonreír. El enfocarme en cultivar la salud emocional que yo quería desarrollar en Ariana, me hizo desarrollar una fortaleza que ni yo sabía que tenía. He luchado día tras día por construir mi hogar. Pienso en Natasha, en su sonrisa, una de la más hermosas que he conocido. Esa sonrisa y la de Ariana me han motivado a ver la vida diferente, a sentir un profundo agradecimiento por algo tan cotidiano, pero trascendental como respirar, y continuar varios proyectos, solo por ellas. Natasha me sonríe desde otro plano y yo, desde acá, acepto, como un regalo, lo que este duelo por su partida me ha permitido aprender:

1. El dolor por la pérdida de un hijo dura para siempre, igual que el amor por ellos que es infinito.

2. Nada de lo que sentimos en el duelo es bueno o malo, simplemente es lo que hemos sentido.

3. A un hijo se le extraña todos los días de nuestra vida.

4. Ante el fallecimiento de un hijo hay dos alternativas: encerrarse o salir a vivir con tu dolor.

5. Hay que llorar, llorar y llorar cuándo se quiera y dónde sea. Son las lágrimas por nuestro hijo que no está y no estará.

6. Si se ha perdido a un hijo, ya se experimentó el dolor más intenso, serán muy pocas las situaciones que nos puedan asustar o preocupar.

7. Se dan muchos pasos para adelantar en nuestro bienestar, pero también habrá días para retroceder.

8. Si se es creyente, hay que aferrarse a la fe de que "Dios tiene y tendrá el control".

9. Es importante buscar ayuda profesional y refugio en esas personas que nos aman. A estas, las identificamos poco a poco, con el tiempo y en el proceso.

10. Cada persona es el mundo para alguien más, que lo necesita.

11. La frase: "hubiera hecho esto o lo otro" no existe.

12. Los recuerdos de lo vivido y el futuro de lo que deseaban hacer siempre nos acompañarán.

13. ¡Hay que agradecer todo! Al principio es difícil, pero dar gracias por tener, por estar, por lo que fue y por lo que será es sanador.

14. En medio del proceso de duelo, se puede sentir que la gente que más amas puede herirnos.

15. No hay que esperar que todos entiendan nuestro dolor, incluso a muchos se les olvidará.

16. La vida continua con o sin nosotros, por lo tanto, tu familia y amigos tienen el derecho de continuar con sus planes. Esa decisión no se debe tomar personal.

17. Lo más valioso son los seres queridos, no son reemplazables. Hay que celebrarlos. Siempre seremos la madre o el padre de ese hijo, aunque no esté físicamente.

18. Se vuelve a sonreír.

19. Vale el esfuerzo vivir la vida.

20. La felicidad... hay que buscarla.

21. Hay que celebrar cada año de la vida, es una oportunidad que podemos perder.

22. Hay que amar, compartir y disfrutar de los nuestros. Tratar de estar PRESENTE en todos sus eventos.

23. No hay que arrepentirse de lo que nos hizo, en algún momento, reír o sentirnos feliz.

24. Nadie debe sentirse culpable por, a veces, no estar en condiciones de ayudar a otros, porque: "…te estás rescatando a ti" como escuché decir a la presentadora Yizette Cifredo. El autor Manuel Reyes Cotán en su libro *La sonrisa de Marta* amplía este aprendizaje:

> He llegado al convencimiento de que tengo la obligación de hacer lo más felices posible a todos los que tienen alguna dependencia mía, naturalmente empezando por mi familia, pero ampliando al máximo esa obligación. Pero para eso, tengo que empezar por mí mismo, por la sencilla razón de que nunca seré capaz de ofrecer algo que no tengo. (2007).

Natasha Maisonet Vélez al final del
certamen Miss Teen World Puerto
Rico 2013. Foto por Bob Varela.

SOLTAR

Con el paso de los meses comenzó a surgir otra inquietud con respecto a qué hacer con las cenizas del cuerpo de Naty. Desde que las pusieron en mis manos, me apoderé de ellas. Las ubiqué en un closet de la casa de mis padres en el cuál Naty acostumbraba esconderse, ya fuera porque estaba enojada o por, sencillamente, querer jugar a las escondidas. Ahí, permanecían las cenizas en su cajita. La sentía cerca, como totalmente mía y le hablaba. Al pasar la Navidad de 2013, en la despedida de año específicamente, saqué las cenizas del closet y me senté en el piso a llorar. Estaba sola, ya todos dormían... Recuerdo que después de tanto llorar el papá de Naty llegó a mis pensamientos. Pensé tanto en él como en su familia y en mi querida Mery, la abuela paterna. Sentí dolor, por no permitirles tener un lugar dónde ir a manifestar, como yo hacía, los sentimientos hacia Natasha. Me sentí egoísta. Me parecía escuchar una vocecita dentro de mí que me repetía los nombres de estos seres tan importantes en la vida de Naty: "Maiso (papá de Naty), abuela Mery..."

Hasta ese momento, yo no había internalizado mi "egoísmo", nunca pensé que estaba impidiendo que tanta gente que la amaba, la ama y la amará no tuviera un lugar dónde ir para, con su visita, procesar la realidad de la pérdida. En un momento dado, mi mamá me tocó el tema de las cenizas. Me dijo: "Este no es lugar para que estén. No me hace bien". Entonces fue que comencé a pensar en lo qué debía a hacer, pero no tenía el valor de desprenderme de lo único que la representaba. Seguí pensando... ya se acercaba el mes de febrero de 2013, llegaba San Valentín y me dije: "No puedo seguir reteniéndote. ¡Hay tantas personas que quieren ir a conmemorarte! Ellos y tú merecen un espacio".

Nuevamente, acudí a las personas más cercanas a mí en ese momento, y que conocían de mi proceso: mis amigas. Un día, aproveché la hora de almuerzo y les comuniqué mi intención de llevar las cenizas al cementerio. Una de ellas me recordó que había que comprar un panteón y se ofreció a ayudarme en el proceso. Ella se hizó a cargo de todo;

sabía que yo estaba todavía procesando emocionalmente esa decisión.

Desde el 20 de febrero de 2014 mi hija ocupa un espacio en el cementerio. Allí vamos todos los que deseamos tener nuestro tiempo de reflexión. Ha sido un proceso de aceptación, de enfrentar la realidad de su muerte. Al principio visitaba el cementerio dos veces a la semana, luego una vez, luego dos veces al mes y ahora cada dos meses.

En su cumpleaños, Navidad y fechas especiales voy y coloco globos o alguna decoración. Trato de mantener y cuidar este espacio como un ejercicio de amor y superación. Y en los momentos en que mi corazón no puede más, leo su último mensaje, el que dejó en redes sociales y que está grabado en su lápida: " Life is short, break the rules, forgive quickly, kiss slowly, love truly, laugh uncontrollably, and never regret anything that made you smile" (Mark Twain).

Estas decisiones son el producto de pequeñas acciones diarias, dolorosas e incómodas, pero necesarias. En mi caso, otra de las más difíciles fue determinar qué hacer con las pertenencias de Naty. ¿Qué hacemos con todo ese cúmulo de artículos del hijo o de la hija que ya no está físicamente? Todas las personas que están a nuestro lado tendrán una opinión al respecto. Algunas, puesto que nos aman, sentirán que tienen el derecho de decidir por uno. Unas, querrán apurar la toma de la decisión de buscar, escoger, descartar, mientras otras solo te escucharán. La realidad es que, esta decisión de desprenderse de las "cosas" de tu hijo o hija, es un proceso que toma tiempo y requiere espacio con uno mismo. Hoy, sé que es necesario trabajar la situación según el ritmo propio. Cada padre o madre doliente tiene el suyo. Quizás unos pensarán que debemos sacar todas las pertenencias los días después de la muerte, otros dirán que esa decisión debe tomar meses o años. Opino, que es el tiempo de cada cual. Solo uno sabe cuándo ha llegado el momento para "cerrar el capítulo" (si es que esta frase aplica a esta pérdida). Me refiero a hacer un análisis personal y compasivo sobre lo que sentimos y pensamos; sobre las acciones que podrían detener nuestro avance en la asimilación de esta pérdida. De este modo, creo que uno puede tomar una mejor decisión para establecer cuándo y cómo realizará esa tarea de desapegarse. Al final, solo el padre o la madre sabe lo que lleva en su interior y cuánto le está costando ese "soltar".

Yo tardé seis años (el mismo tiempo que tenía mi hija Ariana cuando Naty murió) para decidir lo que iba a hacer con las pertenencias más significativas de Natasha, como lo eran los trajes comprados o confeccionados para una ocasión especial. Fue un largo proceso, aunque inició muy pocos días después de aquel trágico suceso. A los cuatro días me vi en la obligación de ir a su hospedaje dentro de la universidad y buscar sus cosas más personales o de uso diario. Hoy, agradezco tanto, a todas sus amigas y al personal del hospedaje por hacer de aquel momento uno menos complicado para mí. Al llegar, ya todo lo que le pertenecía estaba recogido. Ya en nuestra casa, recuerdo que puse todo encima de su cama. Miré a mi hermano y le dije: "Tengo que salir de esto. Ayúdame a dividir la ropa de las carteras, los collares; a separar los perfumes, los libros y mucho más. Si no hago esto ahora, no lo haré nunca". Mi hermano me dio la mano, como siempre. Sus objetos favoritos como su cartera marca Betsy Johnson en forma de corazón o su suéter lleno de brillo pasaron a personas amadas y especiales para mi hija. Había tanta ropa y zapatos, que decidimos donar. Aun así, todavía no me he podido desprender de muchas de sus pertenencias, y muchas de ellas van conmigo todos los días. Si voy de viaje siempre hay algo de mi hija que irá conmigo (me quedé con un delineador de ojos, con el que resaltaba sus ojos llenos de vida y de deseos de vivir). Ariana atesora aún la colección de los Care Bears de Natasha. Es así como materializamos su recuerdo y sus gustos.

Cuando decidí donar los vestidos que aún tenía de mi hija, me esforcé por convertir esta decisión en un proyecto que tuviera cierta repercusión en jóvenes como ella. De este modo, cumplía con mi intención de soltar (renunciar cada vez más a las ataduras físicas) e ir aceptando la pérdida, en mayor profundidad. A la vez, fui creando otro lazo con mi hija (dentro de las posibilidades del momento) al continuar apoyando su gusto por participar en eventos cívicos y de ayuda a otros. Fue una nueva manera, más renovada y reconfortante de conservar su memoria.

En fin, todo se vuelve un reto para la madre o padre que ha perdido un hijo. Solo uno sabe el proceso y cómo puede y quiere llevarlo. Todo a su tiempo se logra. Me parece que el poema *Se ha ido*, de David Harkins, lo expresa mejor:

Puedes llorar porque se ha ido
O puedes sonreír porque ha vivido

Puedes cerrar los ojos y rezar para que vuelva,
O puedes abrirlos y ver todo lo que ha dejado

Tu corazón puede estar vacío porque no lo puedes ver
O puedes estar lleno del amor que compartiste

Puedes llorar, cerrar tu mente, sentir el vacío y dar la espalda,
O puedes hacer lo que a él le gustaría

Sonreír, abrir los ojos, amar y seguir.

¡Y eso fue exactamente lo que decidí hacer! En mi interior sé que es lo que a Naty le hubiera gustado que hiciera.

Con mi esposo José Hernández e hijas Marla y Alejandra en el quinceañero de Ariana. Foto por Luis Rivera, 2022.

El Amor es más fuerte

"… para ayudarte a reír, para empezar otra vez".
(*Para ayudarte a reir*, Pedro Capó, 2014).

Al año de la muerte de Natasha conocí al hombre que hoy llamo "marido". Él no llegó solo, vino acompañado por unas hermosas gemelas. Desde que las conozco, en el 2014, se han convertido en mis adoradas "twinkies".

Marla y Alejandra han llenado una gran parte de mi corazón. Siempre las identifico con estrellas que brillan en mi vida. En la vida de Ariana, son sus hermanas y ¡de su misma edad! Su convivencia, cariño y amor ha sido hermoso. Al cabo de casi 6 años podemos decir que hemos creado un gran "quinteto", una linda familia. He aprendido a valorar cada momento que paso junto a ellos, quizás porque tengo la certeza que el mañana es incierto.

La llegada de ellos marcaba en mi vida y en la de Ariana una etapa de "aceptación" en nuestro duelo. Nuestra vida no sería la misma nunca más, pero no podíamos permanecer en el dolor. Natasha disfrutaba de su vida, amaba vivir y su partida no podía ser la razón para que yo me encerrara y no le proporcionara otras experiencias a mi hija menor.

El dolor de no tener físicamente a Naty me hizo crecer, tener conciencia de lo frágil que es la vida, pero también me fue enseñando que la vida tendría grandes y hermosos momentos. Uno de ellos fue la decisión de mi jefe de incluirme en un comité de trabajo junto al que sería, sin sospecharlo, mi futuro esposo. Con el paso del tiempo he comprendido que la vida seguirá su curso, he aprendido a secar mis lágrimas cuando el recuerdo de Naty me hiere. Sin embargo, el dolor ya no me impide ver el lado positivo de la vida, de gozar junto a mis seres queridos. Me he permitido vivir y de amar intensa e incondicionalmente. Mi compañero, mi marido, como me gusta llamarle, ha sido luz en mi vida. En ocasiones me pregunté: "¿Podrá este hombre con toda esta carga emocional?" Hoy puedo decir: "sí ha podido". Desde el inicio se mostró consciente y sensible ante nuestra pérdida. Fue delicado en sus acercamientos, y su promesa, como la

de la canción de Pedro Capó *Para ayudarte a reír* (2014), se
ha cumplido:

> Voy a cubrirte del sol y de la lluvia también
>
> Voy a cargarte mi amor, cuando te duelan los pies
>
> Para ayudarte a reír, para empezar otra vez.

Me ha cuidado, ha hecho el camino más llevadero para
mí y para Ariana. Nos ha acompañado en el dolor y en
particular a mí, me ha dado el espacio, aunque sea sin
entender, pues puedo tener cambios de emociones en
minutos. Como buen esposo y padre ha ido aprendiendo
junto a mí a manejar el tema de la muerte. La partida de
Naty me hizo dejar de tenerle miedo. Tuve que aceptar
que el orden de vida se podía alterar. El mío se alteró al
momento de su fallecimiento. En ese momento, no había
experimentado nunca la perdida de algún ser cercano o
querido, así que me dio una nueva perspectiva de la vida.

Han pasado ocho años y el recuerdo de Naty
siempre me acompañará, no hay día que no piense en ella.
La veo en cada chica de su edad y me pregunto: "¿Cómo
sería en este momento?". Disfruto del crecimiento y la
realización de sus amigos y me hago historias para que el
dolor sea algo más leve. Adopté de Natasha la importancia

de celebrar los cumpleaños. Mi hija amaba el día de su cumpleaños, la celebración, las fotos, los regalos... Ahora hago acto de presencia en cada celebración de cumpleaños de mis seres queridos. Y, como recalqué antes, estoy PRESENTE. Me quedó muy claro que no todos pueden celebrar un año más de vida.

Mi hija transformó mi vida desde su nacimiento y con su fallecimiento me enseñó a fluir. He tenido que abrir los brazos a la aceptación y al perdón. Perdonarla por haberme dejado sumergida en tan insoportable dolor. Perdonarme por todos los "hubiera" y que no hice. Sin embargo, con la certeza que existirán momentos de tristeza, pero también de felicidad. Esa felicidad que mi marido, sus hijas: Marla y Alejandra han creado para Ariana y para mí. A través de ellos la vida se ha reorganizado, ha cobrado un nuevo sentido. El amor ha sido más fuerte. De la mano de ellos, tanto Ariana como yo, hemos saboreado que vale la pena vivir. En mis tres chicas: Ariana, Alejandra y Marla veo muchas ilusiones y hasta sueños que no vi realizar en Naty. También, en los amigos de Naty que han permanecido conmigo como reflejo de un amor y amistad invariable.

Lo que nos faltó por decirte:

Cartas a Natasha

Natasha y Joel Abel Pérez
Cabrera, 2012-2013.

FRIENDS FOREVER TILL DEATH DO US PART

Joel Abel Pérez Cabrera

Hola Naty, ha pasado un largo tiempo desde que nos vimos por última vez. Te cuento que muchas situaciones no han sido fáciles desde el día en que se desprendió tu alma de la Tierra. Todo sucedió tan de repente que, aunque hayan pasado ocho años desde tu partida, sigo pensando en ti y te llevo presente a diario en todo lo que hago. Tuve mis momentos de total negación, porque siempre pensé que nuestra amistad sería hasta nuestros últimos días: "Friends forever till death do us part", como decíamos.

Ese 20 de abril del 2013, algo extraño sucedió. Sentía el día pesado y vacío, mientras tomaba el descanso en mi trabajo, pensé en ti y me dije: "Trataré de comunicarme contigo" y lo nuevo que pensaba era en el regaño que te iba a dar al salir del turno. Ya sabes lo "dramático" que me ponía, por eso tu mom decía que parecíamos un matrimonio. Una vez terminé mi jornada de trabajo y en camino hacia mi casa, sentí tu despedida. Algo que nunca pensé sería hasta el día de hoy. Mientras guiaba tenía la preocupación de que estuvieses bien. Mi vista se puso borrosa y lo único que pude apreciar fue verte, vestida de negro, dándome un abrazo. Eso fue lo más extraño que me había sucedido. En cuanto llegué a mi hogar, no solo sentí que algo extraño sucedía, sino que lo confirmé porque al llegar a mi cuarto recibí la peor noticia de mi vida; en una llamada sentí que el mundo se me cayó… que dejamos cosas sin realizar. ¡Acabábamos de retomar nuestra amistad luego de casi dos meses sin hablarnos, por tonterías y cosas mías! Al pasar los minutos, mi mente no aceptaba tu partida; seguía dándole vueltas a la cabeza de cómo yo hubiese podido prevenir lo ocurrido. Pero no podía hacer nada, te encontrabas por Ponce y yo por Quebradillas. En ese momento, pensé en tu familia así que decidí montarme en mi carro y llegar a la casa de tu abuela Goya, quien se encontraría desconsolada. Y así era. Entré a su habitación para darle un abrazo y calmarla, pero al escuchar mi nombre, en su dolor y angustia, solo me reclamaba por qué no te había traído sana y salva. Le expliqué que no estaba contigo. Al siguiente día me levanté temprano para ir nuevamente a casa de tu abuela, para mí fue uno de los días más fuerte porque vería a tu mamá destrozada y desconsolada. Recuerdo llegar a tu cuarto y ver las cintas de los concursos y certámenes en los cuales participaste, y al mirar a la cama, vi a tu mamá en llantos, mi único consuelo fue darle un fuerte abrazo.

Llegó el día más doloroso para todos, al verte en un ataúd. ¡Mi Naty no sabes el dolor que tenía al mirarte en esa caja; parecía que estabas durmiendo! Ver a tus padres y familias desconsolados me desgarraba el corazón. Nadie sabe el dolor de cada persona, muchos piensan que es un dolor pasajero, pero si en verdad una persona quiere a alguien, no es nada fácil superar su partida.

Pasaron días y aún el dolor seguía en mí, me descontrolé no sabía cómo lidiar con él y mucho menos con el no tenerte a mi lado… no haber tenido ni tan solo una llamada tuya. Pasé por muchas cosas de las cuales no estoy orgulloso de ellas. Mi vida estaba en descontrol, me descarrilé mucho, llegué a tener el vicio de salir todas las noches luego de trabajar, me refugié mucho en el alcohol y en los cigarrillos. Me sentía solo, sin esa gran amiga que siempre me llamaba todos los días. Llegué a pensar en lo peor, en el suicidio. Fue un proceso duro, pero acepté buscar ayuda psicológica con la que recapacité y analicé mi vida, además de abrirme un poco más ya que guardaba un secreto por mucho tiempo. Fue ahí donde tomé el gran paso de decirle a una de mis amigas y confesarle que era gay. No fue nada fácil, pero me armé de valor de confirmar lo que alguna vez me preguntaste y te negué. Tu mamá fue a la primera persona, luego de mis amigas, a la que le dije mi orientación sexual. Necesitaba sacarme del sistema ese secreto y como no te tenía a ti acudí a tu mamá para sentirme mejor. Cuando yo, el "Friends forever till death do us part" le confesé que era gay sus ojos rápidamente miraron hacia arriba, comenzó a llorar y a decirme que ya lo sabía porque tú le habías mencionado que me querías ayudar a salir de esa zone que no me dejaba ser yo mismo.

Natasha, han sido muchas lágrimas en cada año y en todas las ocasiones especiales, ya sea en tu cumpleaños o en el día en que cumples de fallecida, lloro. Siempre te visito a tu tumba, te la limpio y la decoro dependiendo de la temporada. Siempre pienso en ti, te tengo en mi mente a todas horas, no pasa un segundo en él que no pienso en qué estaríamos haciendo en estos tiempos. Siempre quisimos hacernos un tatuaje juntos. Tú siempre habías mencionado una carabela o algo parecido, pero yo me tatué nuestra última foto juntos. ¡Quién iba a decir que el domingo antes de tu fallecimiento sería nuestra última salida! Solo recuerdo de ese día el verte bajar de mi carro, bailando, hasta entrar a tu casa.

Muchas personas dicen que no es bueno seguir hablando de ti. Algunos dicen qué hay que soltarte, pero no muchos saben que tenerte presente en todo momento y el pensar en ti me ha ayudado en el proceso de saber que no estás físicamente, pero sí espiritualmente. Seguiré con mi legado de mantenerte viva en mi corazón y en el de todos. Por eso sigo la tradición de decorar el árbol de Navidad de tu mamá.

Gracias por tan bellos recuerdos gracias por permitirme ser tu mejor amigo por esos hermosos años. No es un adiós si no un hasta luego, siempre serás mi mejor amiga aunque la muerte nos haya separado físicamente, pero espiritualmente sé que estas junto a mí. Por siempre te amaré. Tu "last best friend", JoJo.

Natasha y Vanelys Marie
Vélez Rodríguez, 2004-2012.

BRILLO

Vanelys Marie Vélez Rodríguez

> "Y tú por qué te enfocas en esos días que
> no contienen nada de brillo". (Naty).

Recuerdo que frente al lente de la cámara, una prefería tacones, maquillajes, pasarelas, fotografías, vestidos, accesorios y un cabello intacto; en cambio, la otra quería un par de tenis, una cara lavada, ropa de ejercicio y su cabello atado con una cinta. Naty, tú brillabas con tu sonrisa y por ser tan simpática, sociable, creativa, alegre, extrovertida y traviesa. Ese brillo lo dejabas como huella en la vida de las personas a tu alrededor. En cambio yo, tu prima hermana, era algo conservadora y me mostraba un poco tímida, reservada y pasiva. En fin, éramos lo opuesto una de la otra. ¿Cómo se explica que, a pesar de una diferencia de edad significativa, las preferencias y personalidades tan distintas, dos personas pueden complementarse y producir una relación de tanto amor, confianza y admiración como nosotras? Éramos dos brillos completamente distintos, pero en combinación perfecta.

Yo me alegraba tanto al verte sonreír y hacer una travesura. Apreciaba ser tu guarda secretos por la confianza que había entre las dos. Sentía que tenía un súper poder por ser tan pequeña y poder guardar "los secretos de estado". Mis días se iluminaban cuando te veía llegar con todos tus paquetes, esa era la señal de que iniciaría una nueva historia por contar o un recuerdo más. Amaba el puesto de "secretaria" que yo tenía. Mientras te bañabas yo estaba encargada de contestar cada mensaje que recibías, y era responsable de la música. Me acuerdo de tu costumbre de llenar un vaso de dulces y comértelos, pero con agua. No podías terminar la noche sin hacer una travesura.

Extraño nuestras salidas que incluían ir a un centro comercial, tomar un café de "Starbucks" y salir mínimo con diez bolsas con ropa nueva, accesorios y zapatos. Eran días llenos de brillo y luz porque las sonrisas, las carcajadas y las ocurrencias nunca faltaban. Tu autenticidad y espontaneidad te hacían sentir en cada rincón que visitabas. Y tu carisma hacía que las personas a tu alrededor se contagiaran con tu alegría.

Amabas disfrutar cada segundo de tu día y aprovecharlo al máximo. Siempre encontrabas la manera y el momento perfecto para poder conseguir tu outfit nuevo, maquillaje y cabello perfecto. Después, siempre había algo que contar sobre un chico, un mal rato, nuevas amistades y chistes. Me encantaba sentarme en la cama para escuchar tus aventuras detalladamente y guardar los secretos. Confieso que a veces pensaba: "Wao, está loca", pero qué rico era verte feliz y disfrutar contar tus días radiantes. Soñaba con el momento de poder ir y disfrutar contigo de esas otras actividades en las que participabas y utilizabas tus trajes largos. Quería que me maquillaras y me arreglaras el pelo para una ocasión así, pero por lo menos hubo oportunidades en que no me tenías que contar porque yo estaba allí junto a ti.

Los días en tu cuarto siempre eran para escoger un color de esmalte que, buscar una combinación de ropa y buscar un invento nuevo para realizar. Eso sí, sin música no se podía realizar nada de esto. Recuerdo tu frase: "¿Vez algo distinto?" y era que lo más probable te habías recortado tú misma el cabello o que sin querer te afeitaste una ceja de más y le hiciste un cambio al look con un marcador tipo sharpie probablemente. Para ti no existía nada imposible, tu seguridad era enorme. Pero más aún, tu manera de expresar o demostrar amor era única puedo decir que hasta algo cómica.

La vida me regaló una compañera con la que aprendí, reí y me enfadé; pero no fue por suficiente tiempo porque anhelaba tener los quince años y que tú escogieras mi traje, para compartir nuevas aventuras. Para mí, estar juntas era como desbloquear un mundo, abrir todas las puertas.

Mil aventuras y muchos días resplandecientes faltaron por vivir, pero aun así en mi memoria quedan recuerdos que provocan una sonrisa gigante en mi rostro o simplemente un suceso en mi vida cotidiana me puede provocar recordar "tus momentos de brillo". Nuestra combinación era extraña, pero perfecta. Solo existía un amor puro, confianza, aventuras, risas y muchos secretos.

Tanto esperar y hoy día puedo decir que, de tus vestidos, solo utilicé uno, porque tu favorito, el del prom, no me sirve. Solo tú podría desfilar ese hermoso vestido color magenta.

A veces, la ansiedad me arropa al saber que no tengo la persona perfecta para contar esta vez mis secretos, pero sé que no estoy sola en cada aventura que vivo. Muchos días faltaron, pero me hace feliz que me enseñaste que cada día es un resplandor nuevo, y que el amor propio siempre es primordial. Solías decirme: "¿Y tú por qué te enfocas en esos días que no contienen nada de brillo?", ese ha sido el mejor consejo que he recibido. También con tu partida aprendí que la vida es un segundo y mañana quizás ya no esté; por lo tanto, hay que atesorar cada uno de los días y mirar el cofre que contiene y admirar la riqueza que tienes al momento.

Contigo aprendí que el lazo de la amistad es para toda la vida, y gracias a este tesoro puedo apreciar cada momento vivido. Después que te fuiste, mi vida tomó un giro distinto, hubo días grises y otros totalmente blancos, pero no hay mejor factor en la vida que el tiempo, y el comprender que hay que ser agradecido por la oportunidad que me dio de tenerte como una hermana mayor, la cual admiraba, apoyaba y amo incondicionalmente.

Siempre hubo diferencias entre nosotras, pero cada una respetaba las preferencias de una y de la otra. Nos apoyábamos en todo momento dejando sentir la presencia de cada cual. La vida no es suficiente para amar, agradecer, reír, llorar, enojarse, aprender, explorar; realmente no lo es. Por tanto, Naty, gracias por enseñarme a disfrutar la risa de cada momento, y por recordarme que, aunque sea de una manera extraña, pero atenta no se debe dejar de demostrar o hacer sentir lo que sientes por los que amas.

Prima, amaría contarte cada uno de mis secretos de estados, creo que le encontrarías el lado cómico o, al menos me darías un buen consejo para cada uno de ellos, pero sé que no hace falta porque ya los sabes. En las noches, tu visita no falla en mis sueños, en los que puedo saber que estás bien. Te veo con esa sonrisa gigante, con esos ojos coquetos, delineados y con rímel, como diciéndome: "Procura que tu vida se llene de muchos días brillantes para que logres tener muchos tesoros en tu mente con los que amas, porque este recorrido es un segundo; no hay mayor satisfacción que saber que amaste y amas incondicionalmente a los que están a tu lado".

Mi corazón siente tranquilidad. Quizás no fue suficiente el tiempo, como hubiera querido, pero tengo las vivencias suficientes para recordarte y provocarme una sonrisa. Anhelaba que estuvieras presente físicamente en muchas etapas de mi vida y en lo que me falta por recorrer, pero, aun así, no dudo de tu presencia y compañía. Me duele tu ausencia, pero me hace feliz la manera en la cual disfrutaste cada segundo de tu vida y que en tan poco tiempo tenías muchos relucientes tesoros. Natasha, tranquila que los secretos de estado aún siguen guardados. Gracias a la vida por ti y por brindar tanto brillo a mi vida y a nuestra familia.

Natasha y Cristy
Marie Méndez Vega,
2011-2012.

METAMORFOSIS

Cristy Marie Méndez Vega

"YOLO you only live once". (Naty y Cristy).

Dios no me dio una hermana de sangre, pero me dio el privilegio de tenerte Natasha, como mi prima, y hermana de otra madre. Esos años que estuviste presente en mi vida sin duda alguna jamás se podrán borrar de mi memoria. Basta con tan solo escuchar tu nombre para traer una sonrisa a mi rostro. Sí, es inevitable pensar en ti y no recordar tus chistes (poco graciosos), las veces que poníamos música y cantábamos como si fuéramos las propias artistas o cuando te pintabas las uñas de los pies y te pasabas del borde, a propósito, porque: "al día siguiente mientras me bañe se pondrá blandito y se saldrá solo" (qué ocurrencia). Muchas veces vi lucha libre sin entender absolutamente nada, pero a ti te gustaba. Me acuerdo de la vez que fuimos a Walmart y vimos unos hula hoop y comenzamos a dar vueltas con ellos diciendo: "YOLO you only live once". Nuestros años en escuela superior fueron los mejores porque nos tuvimos una a la otra. Eras mi confidente, mi hermana, mi mejor amiga; recuerdo tu capacidad de adaptarte a los cambios, tu fuerza y determinación ante cualquier circunstancia, para ti no había algo que no se pudiera hacer. El día que nos graduamos de superior me dijiste: " We made it, we're stuck together for life" y acto seguido decidimos irnos a estudiar y a vivir juntas en la Universidad de Sagrado Corazón.

El día que nos mudamos a la residencia, comenzamos a desempacar y decidimos sacarnos una foto con cucharones y utensilios de cocina, ya sabes para vernos "muy independiente" pero, de igual modo, si teníamos mucha hambre no queríamos cocinar y nos íbamos a Burger King a la hora que fuera a comer whoopers y papas fritas porque: "YOLO you only live once". En la universidad, cuando caminábamos por el pasillo nos decían: "Bugs and Daffy", ciertamente, éramos inseparables. Tú tenías un aura especial, uno sabía cuándo Naty estaba presente, no pasabas desapercibida.

Eras tenaz, auténtica, radical y sumamente inteligente. Tenías una sonrisa hermosa, conocías a muchas personas y además te encantaba conocer personas nuevas. Recuerdo que en la Universidad había muchos estudiantes que no eran de Puerto Rico y tú te diste a la tarea de conocerlos, darles esa bienvenida calurosa y de hacerlos sentirse como en su casa. Propulsabas la unión, la amistad, el servicio... ante mis ojos eras ÚNICA; ya eras GRANDE.

Ese 20 de abril de 2013, quedará grabado en nuestros corazones por siempre, fue difícil de aceptar. Pero tus alas ya estaban listas, debías echar vuelo. Ese vuelo provocó un proceso de metamorfosis en mi vida y en la de muchos que te amaban. El propósito de Dios en tu vida fue cumplido en todos los que amaste y transformaste con tu amistad y cariño. Naty, gracias por enseñarnos a soñar, a SER y ser firmes. Gracias por mostrarnos la belleza de tu corazón, por enseñarnos a ser auténticos y a volar. Naty, hoy tus alas son mis alas y hecho vuelo para un día cumplir mi propósito y volvernos a encontrar "forever and always".

Natasha y yo, todo un camino juntas, 2013.

NATASHA "NATY"

Jacqueline Vélez Méndez

Mi niña grande, ha pasado mucho tiempo, pero sigo extrañándote cada día de mi existencia. Solo me consuela el recuerdo de tu olor, de tu voz, y de tu mejilla al besarte. Ocupaste mi vientre a mi corta edad de 15 años, me llenaste de luz, de inspiración y de deseos de salir adelante y eso es mucho. Hoy, ante el dolor inmenso de tu partida, tu hermana es ancla de mi vida. Ambas solo me han dado orgullo, y vivo agradecida por los seres tan especiales que nacieron en mí. A mis 34 años, jamás pensé que viviría una pesadilla tan grande y tampoco que esa experiencia atroz alumbraría otros caminos que también me llevan a ti.

Todos los días de mi vida vivo el desafío de ser una mamá más serena (porque se le queda a uno ese susto de lo repentino), la profesional funcional, la mujer con presencia, empática y asertiva (aunque mi corazón se vista aún, a veces, de tristeza), la esposa que cuida y da prioridad a su hogar, la hija pendiente a sus padres, la hermana que tiene su oído dispuesto para escuchar a su hermano y la amiga siempre presente. Pero es, precisamente, ese desafío el que compensa, un poco, tu ausencia. Después de tu partida, tuve que volver a renacer, comenzó una transformación, una forma diferente de ver, valorar y disfrutar esto que llamamos VIDA.

Tu adiós fue el golpe más fuerte que he podido experimentar en ella. Por eso digo que, después de ese 20 de abril de 2013, soy un poco más valiente, no hay miedo o situación que se pueda apoderar de mí, pues lo peor ya lo viví. Además, tu recuerdo, la posibilidad de hablarte, y de transformar nuestra experiencia en un libro me ha dado algo de sosiego. Fuiste, eres y serás mi enseñanza de vida, gracias a ti obtuve y he aprehendido riquezas para mi mundo interior que he decidido compartir. La verdad es que, todo aquel que te conoció y te tuvo cerca algo se llevó de ti.

Es imposible olvidar tu personalidad alegre, carismática, intuitiva y decidida. Sigues presente en cada recuerdo y aun en cada evento que se aproxima. Tu luz hace acto de presencia en toda actividad, y aunque en todas las ocasiones tu ausencia se hace evidente, sé que estás ahí junto a tus seres más queridos. Y yo, te percibo como diciéndome: "Mom, tú puedes". Entonces, me seco las lágrimas y puedo.

Hija amada, creo que, desde donde estés, puedes mirarme con orgullo porque, como tú acostumbrabas a hacer, le he dado colores a mi vida, me he enfocado en mi hogar, busco el lado positivo de las situaciones, doy de lo que tengo y busco ayudar al prójimo. Festejo los cumpleaños de mis seres queridos y procuro sonreír y disfrutar de mis días como tú lo hubieses hecho. Te llevo y te llevaré siempre presente. El AMOR hacia ti no cambia. Anhelo, sueño y deseo volver a encontrarme contigo, pero mientras eso sucede, abrazo la VIDA.

Te ama, inmensamente, Mom.

Ariana y Natasha, 2012.

HUGS AND KISSES

Ariana S. Díaz Vélez (hermana de Natasha)

Dear Naty,

Hi, it's been a while. All I just want to say is that I miss you so much, it's never the same without you, and we all miss you. But there have been a lot of adventures we've been through! We survived hurricanes, earthquakes, storms and a global pandemic. ¿Can you believe it? A lot of crazy years have flown by, and I still miss you. I've been doing fine; mom is happy. I feel very happy, ¿you know? And I'm 15 years old now. But I wish you were here. I'll always love you and keep you in my memories forever. Life wasn't easy when you left. I felt lonely, but I wanted to ask you something. ¿Did you ask God to send my stepfather and give my mom and I all the love and support? ¿Including my stepsisters? Yes, you did, thank you. When I sometimes feel down, I look up and smile, because you are on my side no matter how long the road is. I'm in 9th grade now, almost going to high school soon. And hey, we love you. Never forget it, okay? I love you so much, and I still miss you. And did you know that mom wrote a book? It's amazing, she has gone far and beyond! In school, I'm having my ups and downs, but I still keep moving forward. I have a framed picture of you in my room. It may be simple. But even the simplest of things matter a lot more. Well, before I finish, just remember, tu hermana, tu familia y tus amigos te amamos muchísimo.

Dear Naty,

Hi, it's been a while. Hey, all I just want to say is that I miss you so much, it's never the same without you, we all miss you. But there's a lot of adventures that we have been through! We survived hurricanes, earthquakes, storm and a global pandemic. Can't you believe it?! It's been a lot of crazy years flying by, and I still miss you. I've been doing fine, mom is happy. I feel very happy, you know? And I'm 15 years old now! But I wish you were there. I'll always love you and keep you in my memories forever ♡. Life wasn't easy when you left. I almost felt lonely, but I want to ask you something. Did you ask God to send my stepfather to give all the love and support to mom and I? Including my stepsisters? If you did, thank you. When sometimes I feel down, I look up and smile, because you are on my side no matter how long the road is. I'm in 9th grade now, almost going to highscool soon. And hey, we love you, never forget it, okay? I love you so much, and I still miss you

And did you know that mom wrote a book? It's amazing, she has gone far and beyond. In school, I'm having my ups and downs, but I still keep moving forward. I have a picture frame of you in my room. That photo frame may be simple. But even the simplest of things, matters a lot more. Well, before I finish, just remember. Tu hermana, tu familia y tus amigos, te amamos muchísimo. ♡

Hugs and kisses,
Ariana S. Diaz Velez
♡

" Life is short, break the rules, forgive quickly, kiss slowly, love truly, laugh uncontrollably, and never regret anything that made you smile".

-Mark Twain

Esta cita fue el último mensaje publicado por Natasha en las redes sociales.

EPÍLOGO:
REAPRENDER

"Nunca imaginé, que de la forma en que llegó, iba a marcharse el día menos pensado, con mi corazón entre sus manos". (*Nunca imaginé*, Ortega y Tommy Torres, 2001).

Quisiera escribir que el proceso de sufrimiento por la muerte de un hijo tiene un tiempo determinado. La verdad es que no existe una respuesta específica y que, para muchos, este tiempo puede parecernos infinito. Pero el tiempo seguirá pasando, y con su transcurrir, aprende uno a vivir con ese duelo. Es un camino muy largo, pero mucha gente querida permanece para ayudarnos y otros se marcharán. Algunos días se dan pasos hacia adelante y otros días hacia atrás. ¡No hay que desesperarse!

No hay una fórmula, pero en este libro quise compartir lo que fue y sigue siendo efectivo para mí. Hay que vivir el proceso, enfrentar el dolor. No hay manera de conocer a cabalidad y superar lo que se siente, sin pasar por ello. Es importante, darnos la oportunidad de reconocer lo que nos hace bien y lo que nos lastima. Aprendemos a identificarlo. No tenemos que sentirnos mal o egoísta por señalar algo que no nos hará bien. Eso incluye, prepararnos para las festividades. Solo uno y su familia inmediata saben y sienten a lo que nos enfrentamos sin nuestro hijo.

Habrá lugares y actividades que dejarán de ser pertinentes. En mi caso, ir a un Centro Comercial se convirtió en un gran desafío. Entendía y acepté que el centro comercial me causaba ansiedad. Me causaba muchísimo nerviosismo pensar que encontraría a alguien que me reconociera y que me preguntaría por mi hija. El hecho de no comprar nada para ella, me consumía de dolor. Pasando el tiempo, elegía algo para ella, aunque al momento de pagar le decía a la cajera de la tienda que no lo quería. Poco a poco fui afrontando el cómo y cuándo volver al centro comercial, incluso, visité comercios lejanos en los cuales era poco probable que me encontrara a alguien que me conociera. Hoy día, ya voy a las tiendas en los grandes centros comerciales, pero solo por lo necesario, veo todo lo que le gustaba a mi hija, pero puedo dejarlo, no tengo que comprarlo y llevarlo.

Mamá y papá, familiar o amistad de padres en duelo que leen este libro, los caminos de seguir adelante o permanecer en el dolor son dos opciones que la vida nos da. Ambas son muy duras. La vida cambia totalmente, no seremos iguales que antes. A donde quiera que vayamos, iremos con un equipaje pesado. No puedo decir que es fácil manejarlo, pero tampoco imposible. Va a pasar mucho tiempo y con él vamos aprendiendo a cuidarnos. Siempre existirán momentos y personas que puedan provocarnos un mar de emociones. Hay que recocerlas y actuar rápido. Es la ausencia de nuestro hijo lo que nos duele y nos dolerá siempre, pero ni el espectáculo, ni el drama nos harán estar bien. Aprenderemos a respirar profundamente, para volver a caminar, sentir y enfrentar todas las situaciones que presenta la vida. Hay que ir avanzando, poner de nuestra parte; comenzar a cuidarnos, a honrar y vivir la vida que tu hijo representaba y disfrutaba.

Además de las lecturas y las terapias que busqué para cuidarme incluí la música, las canciones. Existen varias melodías que me han servido de refugio. Con ellas he llorado, he clamado por ayuda, por fe, por esperanza y hasta me han dado calma. Cada canción trae un mensaje e internalizarlo ha servido de bálsamo para afrontar el dolor. Las canciones han sido terapia para gritar lo que se siente. Aunque aún con el paso del tiempo se me hace tan difícil escuchar a los cantantes que eran los favoritos de Natasha, intento disfrutarlos.

¿Qué precio tiene el cielo?, fue una canción cantada por Marc Anthony que mi hija le dedicó a Héctor Luis Rojas, su gran amigo, con quien la vida le permitió ensayar el amor de adolescencia y juventud. Y hoy, cada vez que escuchó la canción me hago la misma pregunta: "¿Qué precio tiene el cielo?". ¿Qué precio tiene la partida repentina de estos jóvenes tan prometedores para nosotros los padres y para toda su familia?

La canción *Fabricando Fantasías* de Tito Nieves, la escuché por primera vez con Natasha y hoy pienso en si fue pura coincidencia o un mensaje de preparación para lo que viviría. Recuerdo que me dijo: "Mami, escucha":

Quisiera escribir un libro

Para que no se me olvide

Lo vivido contigo

"Nena, que canción tan fuerte, quita eso", le dije. ¿Quién diría que yo comenzaría a contar historias sobre mi hija como una manera de afrontar y manejar el dolor por su ausencia?

Yo te recuerdo de Juan Gabriel es otra de las canciones con la que más me he identificado:

Yo te recuerdo

Cuando las hojas bailan

Cuando el aire no las mece

Cuando la noche es blanca

Cuando a las siete se oscurece

Yo te recuerdo cuando amanece y anochece. Yo te recuerdo y te recordaré siempre mi amada hija. Con Natasha también conocí la canción *Al final* interpretada por Lilly Goodman. Cada vez que confrontaba duda o estaba confundida, ella la escuchaba:

Y aprendí

Que lo que pasa bajo el cielo

Conoces tú

Que todo tiene una razón

Y que al final será

Mucho mejor lo que vendrá

Es parte de un propósito

Y todo bien saldrá

Con estas y otras canciones pude entender que tenía que descansar en Dios. Así que, canciones como *Mi trabajo es creer* de Marcos Yaroide, *Dios sabe lo que hace* de Samuel Hernández y *Paz en medio de la tormenta* de Rene Carias fueron tablas de salvación en esos momentos en que me vi confrontada con mi fe, en ese gran desafío de cómo volver a vivir, entendiendo que mi hija no estaría físicamente presente. No obstante, entendí que siempre viviré navegando en el amor, porque el AMOR es infinitamente más fuerte que la tempestad.

NOTA DE CONDOLENCIAS

Mi abrazo más sincero a los padres de Oscar Ramos Pérez y Héctor Rojas Dávila, que al igual que yo, perdieron a un hijo amado. Les deseo que encuentren nuevas fuerzas para recorrer este camino, tan largo, con la esperanza y el consuelo de que algún día, tanto ustedes como yo, nos encontraremos con nuestros hijos.

AGRADECIMIENTOS

Estoy eternamente agradecida de tantas personas, pero hay algunas que no olvido. A papi y a mami que a pesar de su terrible dolor han permanecido como las columnas de la familia Vélez-Méndez... A mi familia, amigos y vecinos que dijeron presente desde el momento que la noticia sobre lo sucedido con Natasha se comenzó a divulgar. Gracias por llegar a nuestra casa, por estar presente cuando todo se nublaba.

A ti, Edwin García Feliciano, ex alcalde y Procurador del Ciudadano de P.R., a Magalis, tu esposa y mi amiga. A Nelson Hernández, hoy Director del Código de Orden Público de P.R., a Héctor Matos, Director de la Oficina de Manejo de Emergencias de Camuy, por ser las herramientas que Dios utilizó para facilitar mi camino ese día en que el mundo se caía a pedazos.

A ti, Ivelisse Mora Espinosa, mi amiga por más de 25 años. Te debo tanto. Tú has sido mi guardaespaldas, mi paño de lágrimas y mucho más. A Arelys y Jeismarie, recuerdo verlas en el momento de mí llegada a la Comandancia de la Policía en Ponce.

A ti, hermano, mi fiel compañero desde que nací José, querido. Dios no se equivocó en darme el mejor. A ti, mi amada y adorada Ariana. Mi niña pequeña. Te convertiste en mi ancla y motor de vida. Por la que tuve que sacar fuerzas para vivir. ¿Qué no haría por ti? A ti, mi querida prima, Tadilka por estar siempre de mi mano. A ti, Vanessa, que eres y serás parte de mi vida; por siempre tener el tiempo y la experiencia para lidiar con mi crisis.

A ustedes, Kayla, Santos, Milton, Samy y Suly que se convirtieron en mis aliados para que mi trabajo saliera a tiempo. A mis compañeros de trabajo: Mary, Gemelo, Arelys, Micky que siempre buscaban como sacar una sonrisa en mi rostro. Fueron terapia. A ti, Yiny por cuidarme y ser otra guardaespaldas; conmigo dejaste fluir tu gran corazón.

A ti José "Kako" Hernández porque llegaste a balancear mi vida, has sido luz y junto a mis amadas "twinkies": Marla y Alejandra hemos creado nuestra familia. Has tenido las pruebas emocionales más fuertes de tu vida conmigo. Gracias, amado, por estar, por correr conmigo un camino amargo y siempre tener palabra de consuelo y espacio para mí y Ariana. A ti, porque a través de ti vi el amor transformarse. Me enseñaste a ver la vida diferente aún entre el dolor.

A ustedes Chicas Kitty Land (Daina, Ada, Marlene, Madeline y Cinthia) gracias por el reencuentro, por celebrar mi cumpleaños y por seguir presentes. Las valoro y cada una ha aportado en mi un granito de arena.

A ti, Ernesto Maisonet Pérez (papá de Natasha) por ser un padre de excelencia. Fuiste el hombre que mi hija más amó y su orgullo.

A ti, Mery (abuela paterna) por siempre estar en la vida de Naty, por los "pancakes" y "sorullitos" más deliciosos del mundo. Naty te adoraba.

A ti, Titi Jezita por ser un ejemplo para Naty. Por estar y tomar decisiones en un momento duro y difícil.

A ti, Sandra (madrastra de Naty) por amar, respetar y cuidar de Naty cuando estaba con ustedes.

A mi nena grande, la que me ha llevado navegando por el AMOR, Natasha.

RECURSOS DE APOYO

Allende, Isabel. *La isla bajo el mar.* Harper Collins, 2009.

---. *Paula.* Ed. Plaza y Janés, 1994.

Bach, Richard. *Ilusiones.* Ediciones B, 2007.

Barceló Jiménez Josefina. "El dolor de perder u hijo". *El Nuevo Día /* Hogar, 13 de ene. 2018. https://www.elnuevodia.com

Bornstein Cristina y Gill, Anthony, Color Energy. Simom & Schuster, N.Y., 2002.

Chamorro, Claudia Lucía. *Tiempo de vivir.* Ed. Hispamer, 2003.

"El duelo por la muerte de un hijo (y una guía en PDF)". *Psicopedia. org.* (s.f).

Fernández, Belén, Francisco Montesinos, Yélamos, Pascual & Medin. "AECC: Para ti, que has perdido un hijo". *Psicopedia.org.* www. scribd.com/document/344734708/Para-ti-que-has-perdido-un-hijo-pdf

Frankl, Viktor E.: *El hombre en busca de sentido.* Editorial Herder S.A., 1979.

Grollman, Earl A. *Vivir cuando un ser querido ha muerto.* Ediciones 29, 1997.

Harkins, David, "Se ha ido". 2017. *Tendencias LR, 08 jun. 2020.*

Kübler Ross, Elizabeth: *Los niños y la muerte.* Editores Luciérnaga Océano, 1992

La Biblia, Reina-Valera, 1960. www.biblegayaway.

Pérez Islas, Gaby. "Vivir y superar el duelo". *You Tube*, entrevista en *Podcast Se regalan dudas.com*, 2021.

Reyes Cotán, Manuel. *La sonrisa de Marta*. Zumaque Editorial, 2006.

Roccatagliata, Susana. *Un hijo no puede morir*. Ed. Grijalbo, 2006.

Rosen, Michael Rosen y Quentin Blake. *El libro triste*. Ediciones Serres, 2004.

AUTORA

JACQUELINE VÉLEZ MÉNDEZ

Nace un 18 de junio de 1978 en la ciudad de Chicago, IL. Hija de José Luis Vélez y Victoria Méndez. Tiene un hermano, José Luis Vélez Méndez. Su infancia y adolescencia transcurrieron en el Bo. Puertos en Camuy, Puerto Rico. Madre de Natasha Maisonet Vélez (Q.D.E.P.) y Ariana Díaz Vélez. Posee un bachillerato de la Rowan University of New Jersey, una maestría de la Universidad Interamericana de Arecibo, PR y una Certificación en Familia y Pareja de la Universidad Carlos Albizu en San Juan, PR. Está casada con José "Kako" Hernández, con quien tiene una hermosa familia que completan Alejandra y Marla Hernández Ruiz.

¿Y tú por qué te enfocas en esos días que no contienen nada de brillo?

-Naty

Natasha en su traje favorito color magenta. Foto por Johnny Rodríguez, Exprezion Artz, 2013.

Made in the USA
Las Vegas, NV
22 November 2022

59859446R10077